悦读文库

张峪铭 著

任性的世界，你要用眼光洞见未来

江西教育出版社

图书在版编目（CIP）数据

任性的世界，你要用眼光洞见未来 / 张峪铭著. -- 南昌：江西教育出版社，2016.10（2019.7重印）
（悦读文库）
ISBN 978-7-5392-9079-9

Ⅰ. ①任… Ⅱ. ①张… Ⅲ. ①散文集－中国－当代 Ⅳ. ① I267

中国版本图书馆 CIP 数据核字 (2016) 第 259858 号

任性的世界，你要用眼光洞见未来
RENXINGDESHIJIE NIYAOYONGYANGUANGDONGJIANWEILAI
张峪铭　著

江西教育出版社出版

（南昌市抚河北路 291 号　邮编：330008）
各地新华书店经销
石家庄继文印刷有限公司
720mm×1000mm　　16 开本　　13 印张
2017 年 3 月第 1 版　　2019 年 7 月第 5 次印刷
ISBN 978-7-5392-9079-9
定价：26.00 元

赣教版图书如有印制质量问题，请向我社调换　　电话：0791-86710427
投稿邮箱：JXJYCBS@163.com　　　电话：0791-86705643
网址：http://www.jxeph.com

赣版权登字 -02-2016-754
版权所有　侵权必究

目 录

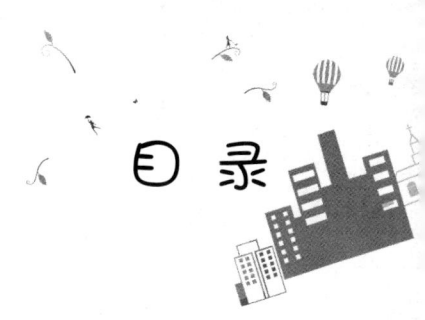

辑一
不要太任性，福气会溜走 /1

下蹲，不仅是人生的一种姿态 /2
将日子过成一朵花 /4
宁静的心，是最有"地力"的土壤 /6
脾气任性，福不加身 /8
在微梦想中乐活 /10
痛苦，缘于你不离场 /12
嫉妒是咬噬心灵的一条蛇 /14
哲理，就在人生转折处 /16
青春没有地平线 /19
试试看，你会喜欢的 /22
躲雨是一种智慧 /25
"多做一点"，成功不会远 /28
拎着手杖走路 /30
生活不仅是蛋炒饭 /33
"归零"，开启另一个精彩人生 /36

辑二
莫畏浮云遮望眼，激活人生别有天 /39

命运往往眷顾"被抛弃者" /40
心不跛，就会走出平坦路 /42
站得低也能望得远 /44
成功不过是多一份坚守 /46
把握好自己的"机会点" /48
人生的智勇大冲关 /50
十七岁的夏，在一树阳光下鸣唱 /52
一个人的对弈 /54
曹参为官不折腾 /56
有种成功，叫一百年的距离 /59
你不成全，我心放下 /61
肚量是气撑大的 /63
因为错过，所以懂得 /65
走出一种情绪，给心灵转场 /68

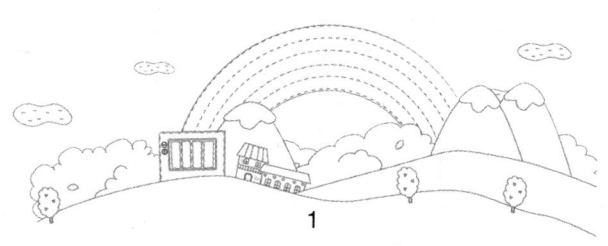

习惯如瘾 /70

非心所愿即是悲 /73

辑三
幸福游移不定，它如心底里的一只狐 /75

幸福是心底里的一只狐 /76

心情是生活的佐料 /78

莫让怅惘腌制了你的心 /80

给心田植一方绿，让春驻守 /82

失却本心，是害己祸人 /84

幸福如锦，五彩缤纷 /87

弯道超越，向阳光灿烂处冲刺 /89

阅读是一种修行 /91

境在书外，不尽信书 /93

一个人的海 /96

苏东坡的翅膀 /98

寻一客温暖 /101

孤独是一朵雪莲花 /103

玉兰花开 /105

守中有变，精彩无限 /107

青涩褪尽总有时 /109

辑四
爱的路上，良与善与之偕行 /111

大恩要言谢 /112

有一种良善叫"卸恩" /114

锃亮的头，瓦亮的友 /116

莫言母亲的五份大礼 /118

素时锦爱 /120

生命有时如旋转的棉花糖 /123

家是梦绕不过去的点 /125

一生为他鼓掌 /127

孝心也有距离 /130

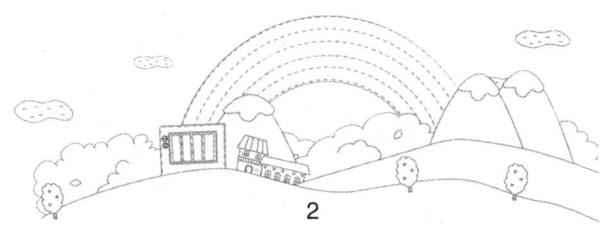

亲情也经不起疏离 /132
爱在路上,且行且珍惜 /134
爱的妥协 /136
有一种爱是索取 /139
皋鱼之悔 /141
一张不能送达的汇款单 /144
发心,永远不会钙化 /147
仰望那些少年的坚强 /150
行善的声音 /153
相聚是一首歌 /156
父亲在左,母亲在右 /158

辑五
透视众生,用另一只眼和另一颗心 /161

庄子眼中爱的三重境界 /162

美人靠上好读书 /164
人生的三叶草 /166
生命如秋叶,总附一层薄凉 /168
李清照:最美的"女汉子" /170
致歉我的后青春时代 /173
饮茶与读书 /175
读书是人生的续航力 /178
雪是流浪的风景 /180
听雪 /182
那支摄魂的哨曲 /184
秋叶,落地成伤 /186
倾听你的耳语 /188
装相 /190
我是一只误入教室里的蝉 /192
尊严不是东西 /195
细节是一种力量 /198
墨菲不都是非 /200

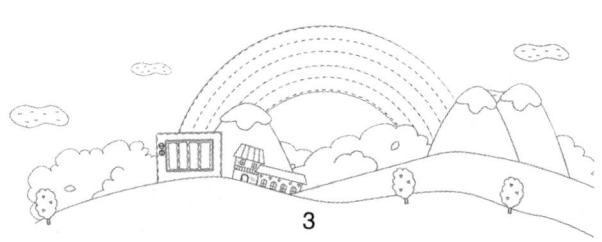

辑一

不要太任性，福气会溜走

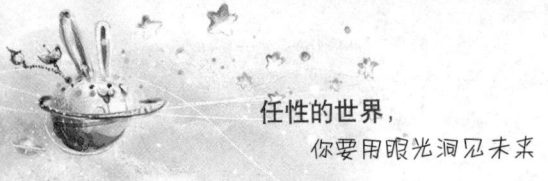

任性的世界，
你要用眼光洞见未来

下蹲，不仅是人生的一种姿态

棉农常常会给棉花"蹲苗"。棉花长到尺许，伏旱来临，农人却不给它浇水，让它"蹲蹲苗"，为的是防止棉花枝往上蹿得太快，根就扎得浅，承受不了棉桃重量。让它缺水，棉花就必须拼命往下扎根，用根汲取深土层里的水分。如此这般，棉花的根系扎得又深又实，再一浇水，棉花就会长得又壮又稳了。

给棉花蹲苗，就是暂时斩断其向上生长的欲望，让它向下寻找生命的力量。

其实丰厚的人生也要"蹲苗"。只有蹲下身子，潜下心来，扎扎实实去做事，人生才会取得丰硕的果实。做学问更是这样。

首都经济贸易大学英语系教授程虹，系中国研究美国自然文学的第一人。她为了推介自然文学，让国人对大自然"心灵朝圣"，潜心十年翻译了多本美国自然文学经典著作，形成了译丛。她在一次讲座中，谈及"生态与美国文学文库"丛书，如数家珍，对书中内容也是信手拈来，把握自如。当人们万分惊诧时，她道出了自己做学问的最"笨"方法，就是扎扎实实地做读书卡片，蹲下身子，做真学问。

程虹教授认为，做学问需要静心和定力，需要坚守和沉淀，不能将眼光盯在短期的功利和时髦上。她常用美国女作家安妮·林登伯格《大海的礼物》一书中的一段话来勉励自己："大海不会馈赠那些急功近利的人。为功利而来不仅透露了来者的焦躁与贪婪，还有他信仰的缺失。耐心，耐心，耐心，这是大海教给我们的。人应如海滩一样，倒空自己，虚怀无欲，等待大海的礼物。"

正是这份定力，让程虹教授最终获得学术上的大成就。

程虹教授的"静心、定力、坚守、沉淀"，就是让自己甘于寂寞、心无旁骛、持之以恒，主动蹲下身子，打好扎实的学问功底。"板凳要坐十年冷，文章不写半句空。"做学问，你沉下去有多深，立起来才有多高。程虹教授的治学态度，是另一种意义上的"蹲苗"。

蹲，作为一种人生姿态，是屈身静止的，是难耐的，甚至是痛苦的。但历史上总有一些人选择"下蹲"的姿态，以蹲立身，以苦为乐。

《战国策·齐策四》记载，颜斶是齐国的一名高士。齐宣王召见颜斶，想提拔他，可颜斶直言明谏，拒绝了齐宣王的邀请。他说，玉生在山中，经过雕琢，就失去了它的本来面貌；士人生在穷乡僻壤，如果选拔上来，就会享有利禄，虽然高贵显达，但外在的风貌和内心世界就会遭到破坏。他甘愿蹲守着低层生活，"安步当车""晚食当肉"，来求得心安与满足。

颜斶清静无为，纯正自守，乐在其中的生活，可能是性格使然，但在当时动荡不安的社会背景下，颜斶一反常人，选择"蹲苗"，是自保生命，也是涵养品行。

蹲是一种收敛，它不仅是一种姿态，更是多欲时的节制、浮躁中的忍耐、蓬勃前的静候。蹲，有时会痛苦、迷惘，有时会焦头烂额、黯然神伤。但蹲是成功前的蛰伏，是蓄势，是为生命成长积聚力量。

任性的世界，
你要用眼光洞见未来

将日子过成一朵花

　　同事老汪的经典形象总是笑哈哈的。

　　老汪很瘦，又不修边幅，人们开玩笑说他在家里肯定受了老婆虐待。可他不气不恼地跟你调侃道：弥勒佛是大肚佛，我是瘦肚佛。别人问他：你瘦得像麻秆，单位组织体检查出问题没有。可老汪却说：无病莫嫌瘦，平安就是福，我好得很，查什么？他将体检指标让给了他人。

　　老汪家境不算好，老伴没有工作，儿子与媳妇丢下几岁大的孙子给老两口带，双双外出打工，据说没有什么技术，也挣不了几个钱。儿子多次提出小家庭单过的想法，无奈老汪收入微薄，有点小积蓄在当下连十来个平方米都买不到。这样一家五口窝在单位的房改房里。一般人早活得满面愁容了，可老汪潇洒地背起了《增广贤文》："儿孙自有儿孙福，莫为儿孙当马牛。"淡然到这种程度，连他的老伴都骂他没心没肺。老汪才不管呢，从老伴手上接过孙子，嘱咐她晚上炒点花生米，好下酒。

　　老汪不好酒，但每天晚餐都要喝两口。老汪说，日子是人过的。你没有能力改变自个儿，就不要让自己活得憋屈了。

　　老汪话虽普通，但很富有哲理。人生不如意者常八九，能与人言只二三。不能改变环境，就改变自己的心境。生活之所以累，一小半缘于生存的压力，一大半缘于与人攀比。日子是人过出来的。不同的人，即使是相同的境遇，生活的状态天迥地异。只有豁达、淡然、睿智、坚强的人，才会将日子过成一朵花。

《中国达人秀》中最美的无腿女廖智，无疑就是一个将残缺的日子过成一朵花的人。

廖智原本是一个年轻貌美的舞蹈老师，她与许多优秀的青年一样，怀揣着远大的理想和希望。可5•12汶川地震将一切震得七零八落。当人们将廖智从废墟中救起时，她才发现自己的一双腿从膝盖以下全轧坏了。一个舞蹈老师没有了脚，也就意味着职业生命的终结，更意味着一切梦想的破裂。人是活在期待和希望之中的，没有希望与梦想的人生，就像在黑暗中踽踽而行，是极端痛苦的一件事。可更让廖智伤心的是，自己可爱的只十个月大的小女儿也在这次地震中夭折。

廖智在双重苦难的挤压下痛不欲生。可她没有被灾难击垮，很快从苦难中解脱出来，她要用自己残缺的身体演绎世间最美的故事。她凭着乐观的性格自编了一支名叫《鼓舞》的舞蹈，并在世界小姐竞选的舞台上用残缺的双腿顽强地跪出一支动人的"鼓舞"。是啊，谁说日子都是美好的？当日子被魔鬼侵入，当晴天被阴霾笼罩，人是需要鼓舞的。廖智用自己的言行鼓舞着，也温暖着自己和他人。

在《中国达人秀》舞台上，廖智参与了7位明星的"踢馆赛"，舞蹈老师没有将她看成是一个残疾人，舞蹈的难度也没有因身体而减小。廖智带着假肢上场，她腰肢曼妙，舞步轻扬，在台上旋出了一朵朵的花，脸上也始终笑成了一朵花。最终廖智在二十多家媒体投票中胜出。她说，用假肢练舞时特别艰难，在背地里也流过泪，但她咬牙坚持，终天走到辉煌的今日。

其实在媒体投票时，我就断定她会胜出。因为她笑对人生灾难，给我们的生活添加了更多的温暖和勇气，更因为她将残缺的日子过成了一朵花。

任性的世界，
你要用眼光洞见未来

宁静的心，是最有"地力"的土壤

土地是要休息的，它如人一样。

当季节将一床雪袄冰被，覆盖在大地上的时候，我知道，这是让土地好好休眠。累了几个季节，长了几季庄稼，也该歇歇了。于是土地在冰封的河流下，在厚厚的雪被里，慢慢进入了梦乡。瘦了的土地，在梦中渐渐恢复了地力。一觉醒来，又以蓄足了的精力，去催生万物。是啊，没有"地力"的土壤，任何种子也找不到生命的方向。

人也是需要休息的，还需要宁静。宁静是一幅画的底色，单一而纯清，你可在上面演绎色彩的故事；宁静是一块土地，肥沃而平坦，你可以在里面播撒智慧的种子。宁静可以致远。要想让自己促狭的心胸变得宽阔，人必须在宁静中拓展自己思维的疆土。

苏东坡踌躇满志时，虽也是才华横溢，但在尔虞我诈的朝廷，写就的文章也不过是应景之作。当其绚丽的生活堕入谷底，瞬间只剩下一片灰暗之色。无车马之喧，也无恭维之言。宁静，宁静得没有半声问候，只闻自己的心跳；沉淀，沉淀得没有一丝亮光，只有泥土的颜色。于是思维在漫长的宁静中，发酵成地力旺盛的土壤，渐渐地有了"一点浩然气，千里快哉风"的达观豪放，也就有了《赤壁赋》与《赤壁怀古》的不朽华章。台湾作家林清玄说："我们如果有颗宁静的心，即使是默默坐着，也可以感受到时间一步一步从心头踩过。"能感受被时间的脚步踩过的心田，接通了地气与天光，思想怎能不生出万丈光芒。

诺贝尔文学奖获得者莫言说，他小说中的奇妙想象，得益于当年放羊的牧场。偌大草场只有他和十几只羊。他躺在辽阔的草地上，是牧场上唯一的主宰。蓝天下、宁静中，风在动，云在飘，他的思绪也在飞。是宁静激活了他奇特的想象，是宁静积蓄了他生命的能量。

可现代许多人，在物质富足的时候，却越来越难以让自己宁静下来。生活的快脚步，让心疲于奔命；物质的强欲望，让心痛苦不堪。于是人们将心灵寄托在热闹之中。在觥筹交错中，喝着热闹的酒；在霓虹闪烁里，唱着嬉闹的歌。没有宏大的布置不算排场，没有雷动的掌声不会说话……不闹点响动，人就不踏实，就如走夜路，故意吹着口哨给自己壮胆。可叹的是，想在喧嚣里求取，想在纷闹中扩充，只能得一时之满足，最后心灵反遭紧缩包围。到头来，生存的土壤日益变浅，地力渐渐消失，上面只能长些浅根杂草了。

星云大师说，愿望太多就增加烦恼，烦恼多了心就无法宁静，就更空虚。在名和利上，不要过分追求"拥有"，要用宁静的心去感受"有"与"无"，"有"带来的安乐是有限的，"无"带来的安乐是无限的。腾出物欲空间，让宁静驻在心中，你就能修炼得内心强大，修炼得百毒不侵。

心烦意乱，不能宁静，你的思想像狂风吹过的苇草，七零八落；热衷喧闹，拒绝宁静，你的智慧如月迷津渡，楼台雾锁。正如王安石笔下的方仲永，没有了宁静，也就没有了灵感，文思枯竭，智慧长不出新芽，也守不住曾经。大智者莫不是气定神闲，如得道之高僧，在慌乱的小沙弥面前，依然镇静自若。心有宁静，无故加之而不怒，骤然临之而不惊。因为明白，来的终究要来，去的终将要去。宁静筑就了心理强大的基石，承载着大德、大智与大勇。所谓急中生智，也只不过将脑中一切无关的事，快速调为"静音"状态，顿时生出化解危难的智慧。

静能修身，静能生慧。因为宁静的心，是有地力的土壤。

任性的世界，
你要用眼光洞见未来

脾气任性，福不加身

"假如福气是一本书，那么每发一次脾气，就等于从中撕掉一页。若撕到最后，薄如蝉翼时，福气就荡然无存了。"这是我跟一位大学生说的话。

这位学生成绩本来不错，高考时因头顶上的电扇噪声太大，影响了他的情绪，最后发挥失常，本可以凭实力进一本学校的他，只进了一般二本院校。这次在大学里竞争社团职位又不顺，生起了闷气，在微信上跟我抱怨不公。

其实，生活常常陷入一个怪圈，你越是埋怨，越是不顺；越是不顺，越易生怨。真是怨不息，逆不止。这样的例子太多太多。那年两个人应聘到同一个单位，他们年龄相当，学历相同，能力相仿。可几年之后，一位升了职，一位还在原地踏步。没升职的气呼呼地找上司问原因，上司说："都是脾气惹的祸。"他反问道："我事情不一样做好了？"上司说："易怒伤人，就像在木板上钉钉子，钉子即使拔除了，木板上的眼还在。"

脾气人人有，若让脾气任性，或暴跳如雷，或怨言不止，或冷眼相向，就破坏了应有的气氛，而福气是和气凝聚而成的，脾气来了，福气就走了。平常人一怒，气坏了自己，难堪了别人，损伤了情感。弄得不好，处顺境，就遭人妒忌中伤；处逆境，易遭人落井下石。而那些位高权重之人一怒，往往就是祸国殃民。始皇一怒，焚书坑儒，留下了千古骂名；项羽一怒，坑杀二十万降卒,为失败埋下祸根;吴三桂一怒,为红颜冲冠,让江山归了大清……怒,小则伤自身,伤人心;大则损国体,害百姓。脾气这把双刃剑,不管是谁,若让其恣意而行,都没有福气降临。

复旦博士于娟,在她生命的最后时刻,写下人生的反思日记。她认为自己做事过于较真,过于追求完美,心气高、脾气倔,久而久之,福气从身边溜走了,最后将自己逼上了不归路。当然她这样的脾性,没有刻意去伤害他人,而是无形中伤害了自身,这多少让人唏嘘不已。因为人的生命体里充盈着"脾、福"二气,它们是一种敌进我退的关系,脾气多了,福气自然少了,当脾气任性得独霸"胸腔"时,福气就悄悄溜走了。

那么若以欢喜心去为人处世,就自然得到福气的垂青。杨绛先生,出名比钱钟书还早,但她甘居幕后,心淡如水。即使"文革"时给她剃了个阴阳头,她也泰然处之,戴上帽子,继续擦她的马桶,而且"连马桶里面的链子也擦得光亮亮的"。后来,她写的《干校六记》,也没有半点怨怼之情,更谈不上怒了。她的性格不只是优雅、高贵,而是真正做到了风动、云动、心不动的淡定、静淑。我想她内心的小宇宙肯定有一个消解外界一切负能量的气场。杨先生活到105岁,谁说她不是寿高福满呢。

当然不是说人不发脾气,而是要控制自己的情绪,不无端、任性地发脾气。随意发脾气就如人持有信用卡,不节制地刷,终有刷爆的时候。而好脾气就如给卡中充钱,就是给福气腾出空间。

还是泰国传奇式人物白龙王说得好:人只要脾气好,凡事就会好。脾气任性,福不加身。

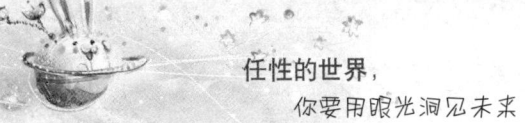

任性的世界，
你要用眼光洞见未来

在微梦想中乐活

朋友在一大学里任教。按惯例暑期工会要组织旅游。在确定哪一条旅游路线前，教职工争论不休。可大家不知道任何争论到了领导那儿就是笔在纸上轻轻地一勾。至于是不是考虑了大多数，只有天知道。

朋友的意愿比较简单，尽管他生在湖边长在湖边，但蔚蓝色的大海还没见过。他说，若不能到海滨，那么坐趟飞机到西部去玩也可成就第二个心愿。可结果是朋友的两个愿望都落了空。

朋友无奈地说，九天揽月镜中花，五洋捉鳖水中月。

其实朋友倒不是真有解不开的结。但愿望落空心里总有些不痛快。

我对朋友说，没什么，留下的遗憾，其实是希望。希望在，梦就在。有了梦想就有了幸福的可能。

其实生活的许多幸福都体现在对梦想的追求过程中，希望实现了，幸福往往就溜之大吉。正如南怀瑾先生所言，生活中的许多事，无不是"意有所至，爱有所亡"。

就如顶级拳手，一路所向披靡，克服一个个目标，直到无人与之在拳台上争斗；无敌剑客，一路过关斩将，实现一个个希望，以致无人与之在江湖上争锋。他们在超越他人、战胜对手、实现梦想的过程中，踌躇满志，意气风发。可到了只有一个人的竞技场、一个人的江湖，他们踽踽独行，爆棚的生活急遽归零。

是啊，没有对手，磨砺不了坚强；没有目标，寻找不到方向；没有梦想，就缺乏生活的力量。

敬畏对手，树立目标，心存希望，生活越品咂越有滋味。在微梦想中活着，才有盼头，才能感受到幸福日久绵长。

就像一种蛀虫，喜欢生活在含有低水分的芳香性木材中，人们惊叹它在暗无天日的环境中，日复一日地埋头前行。可有谁知当它生存困难时常以不同的虫态进行休眠与半休眠。它似乎不急于实现自己的希望，只要前面有一点木质纤维，它就一点一点地啃噬，过着自己的慢生活。当啃到木材尽头，将最后的希望啃掉了，生命也随之终结。

洞穿了梦想，给你只是瞬间的闪亮，接下来可能就是无边的黑暗或死亡。

当然人类智慧会让绝大多数人在失去目标和梦想的时候，寻找下一个目标和梦想。尽管也会在失去时，有一段时间的彷徨和迷惘，但在痛定思痛之后，会拭去腿上跌破的血迹，擦干脸上挂着的泪花，哪怕是蹒跚着也要向前行。

"文革"时代，有些人不堪其辱结束了生命；但还有相当一部分人忍辱负重活了下来。究其原因还是心中是否存有希望。劫后余生者，从不期冀立马洗尽冤屈，还自己一个清清白白；而是想着一个个微小的梦想：明天比今天批斗时间短些，后天劳动改造时不罚背语录……家里人没受多大牵连，妻子带着孩子好好的，孩子越长越可爱……这一个个微梦想，挤占着内心的痛苦，筑就了生命的坚强，给了他生活下去的勇气和力量。

我们不过分期望，过分期望就是欲望。欲望是未加剪修的荆棘，人类应节制。我们应有一点梦想，梦想是开在枝头的花朵，我们应该培植。但我们更应该在生活中散植一个个微梦想，因为这是积极向上生活的源泉。

微梦想地生活着，就是让一个个目标到达，一朵朵鲜花盛开。

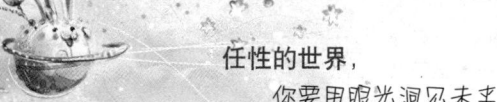

任性的世界，
你要用眼光洞见未来

痛苦，缘于你不离场

朋友小吴告诉我，要离开原单位，到南方工作了。

我调侃他，树挪死，人挪活。不在一棵树上吊死，多选几棵歪脖子树吊吊，是明智之举。朋友说，可一想到离开相处的同事，心里有些惆怅。我告诉他，离开是为了到达新的彼岸，何况一时的忧伤比长久的痛苦要好。

我知道朋友在原单位过得相当不好，尽管他很有才气，工作也勤勉，但总不招主任待见。别人说他们星座相克。朋友是"金牛座"，主任是"狮子座"。一个固执十足，一旦做出决定，十头牛都拉不回来；一个唯我独尊，不管你有理没理，他就是正理，其余的哪凉快哪待着。毕竟胳膊拧不过大腿，朋友常常被怼，痛苦万分，几乎郁闷成疾。我劝过他多次，与其忍受痛苦，不如选择离开。不像我们这些吃了几十年财政饭的人，已习惯了做一头拉磨的驴，盯着眼前辕上挂了多年的瘪胡萝卜，想吃够不着，想走丢不掉，成年累月地转个不停，如今转昏了头，磨消了志。还不时担心哪一天来个人事改革，"卸磨杀驴"。

此处不留爷，自有留爷处。能离开痛苦场，是你的造化。朋友在我的劝慰下，有些释然。我俩于是抵足相谈起人生来。

人生不是你进了超市，想买你所买，它必须搭些你不想要的货物。喜悦与快乐你愿付款，悲伤与痛苦、失意与忧伤你拒绝不了，你也得付款。

辑一
不要太任性，福气会溜走

痛苦是人生的一个组成部分，你不知道什么时候会夹塞进你的生活。但生活中有些痛苦，是缘于不肯离场。就像一头拉磨的驴，不肯放弃悬在眼前的胡萝卜；就像一个人，明明在那个地方痛苦不堪，因蜗角虚名、蝇头小利仍滞留于"苦地"。

我一位同学，书教得一直不错，新任领导很赏识，就给了他一顶乌纱帽。中年得志，他也想表现一番，不想仕途凶险，不经意得罪了领导。随后他就慢慢被边缘化了。拥有后的失去，肯定是件痛苦的事。他起初是茶饭不思，睡眠不香，日日纠结着有职、无事又无权的生活，痛苦弥散，度日如年。半年后，他参加一故友的追悼会回来，幡然醒悟。他说，在那现场，哀乐低回，哭声一片，他不禁潸然泪下。可当回到了另一朋友招待的餐桌上，他又能谈笑风生。他说，有的痛苦不是自己人生所属，离开痛苦场，就能与痛苦诀别。

于是他索性不管什么"职位、权力"的事，专心教学，潜心钻研，不想今年竟评上了特级教师，收获了教育界最具价值的桂冠。

当人生的船舶已不适合或不让你停靠一个码头时，你最好的选择就是离开。离开，不是逃避，是为了更好地抵达另一个码头。佛曰：放下即快乐。当你痛苦得不能释怀，出路只有两种，一是忍受以至于麻木；一是决然离场。就像张爱玲与胡兰成的爱情，尽管开始张爱玲爱得"心低到了尘埃里，在尘埃里开出了花"，但胡兰成的背弃，让她痛不欲生。在痛定思痛后，张爱玲还是选择了离开，她知道当爱情走到了辛酸的尽头，再也没有挽回的必要。于是在"萎谢了"的爱情之花下痛苦地逗留了一年半后，张爱玲毅然转身离场，过起"岁月静好，现世安稳"的日子。

"行也布袋，坐也布袋，放下布袋，何等自在。"生活不可能没有背负，背负的道义、责任、善良与爱不能放下。但有些背负必须放下，如让人欲罢不能、欲求不得、痛苦万分的名利场中的贪念。

记住，人生有的痛苦你是逃避不了的，但有些痛苦，是缘于你不肯离场，与别的无关。

任性的世界，
你要用眼光洞见未来

嫉妒是咬噬心灵的一条蛇

嫉妒如毒蛇一样，平常隐匿在人的内心，若遇到一定的环境，它就会对他人磨牙吮血，要人性命。

我之所以将嫉妒比作毒蛇，这并非什么新鲜之辞。记得小时候，听过人与蛇斗法的故事，说有一种蛇，叫公鸡蛇，长有公鸡一样好看的红冠。此蛇天生嫉妒，一遇到比自己高大的人，就喜欢比高低，于是直其身、昂其首、扬其冠、行其凶。此时你若想脱身，只有一种方法来对付这个家伙，那就是将自己的鞋脱下，抛向天空，趁蛇与鞋争相比高之际，你就可以溜之大吉。

幼年故事，无须考证有无。但细想此故事告诉了我们一个处世方法，那就是若与心怀嫉妒的家伙相遇，只要拿出自己最"底层"的东西，就能避免被伤害。可生活中，有许多时候你没法对嫉妒之人，畏而远之，更何况你根本不知道，蛰伏在人之内心的那条蛇，什么时候苏醒、发作。就像复旦大学研究生黄洋，怎么也没想到，被他的同学、室友因嫉妒而下了毒，年轻的生命永远定格在二十七岁。

有人推测是心生嫉妒，可校方否认，理由是他俩非同一专业，不存在竞争。其实这种说法缺少心理学依据。嫉妒是一种负面心理状态，当一个人哪怕有一个方面不如他人，如事业、爱情、才气或是奖学金……都可能让人有嫉妒之心，尽管他人总体上不一定强于自己，但嫉妒是一条睡眼惺忪的蛇，它是不会有理性的，它用自己灰暗的眼去窥视世界，别人的色彩就自然成了它心头最大的障碍，于是在心头惴惴不安，蠢蠢欲动，于是在微笑面孔的底下，设卡子、使绊子；在热情握手的后面，踢肚子、捅刀子。

羡慕嫉妒恨，是人的心理逐步演进的过程。对他人的成就，或光鲜之处，若是匆匆过客，羡慕一番，相安无事；若是长相接触，没有调整自己，这羡慕就变成了嫉妒；若嫉妒不能在心头消解，且距离上又不能拉开，朝夕相处，心如油煎，那离恨也就不远了。所以嫉妒者，其实多是身边人，而且有时还是最亲密的朋友。这样的案例其实很多。一女子被闺密所害，究其动机，竟然是闺密家里的经济条件比自己好，看到她财政自主，就暗自生气，尽管自己常得到对方的资助，可嫉妒这条蛇将自己的内心咬噬得不安宁，于是就做了让人不可思议的事。

记得柏杨在《丑陋的中国人》一书中写到，嫉妒之人，看到某个小姐貌若天仙，牙根痒痒。可有一天据说她遭了一场车祸，毁了容，她心里躁动不安的那条嫉妒之蛇，才像枯绳一样散了一地。

虚荣心强的人最易嫉妒，文人相处最易嫉妒。就像很喜爱艺术的阿提安皇帝，他就嫉妒诗人、画家和艺术家，因为他们居然在这些方面超过了他。最普遍的，是同事之间，一方的才能、一方的提升，都会刺伤他们，而且彼此越了解，这种嫉妒心就越强。正如培根所说："一个人可以允许陌生人的发迹，却不能容忍身边人的上升。"

"嫉妒是不懂休息的。"它如蛇一样，盘踞在人的心中，但你要时刻警惕它的恣意妄为，用同情心与理性控制它，不能让它在暗地里，悄悄去毁掉人世间的一切美好。

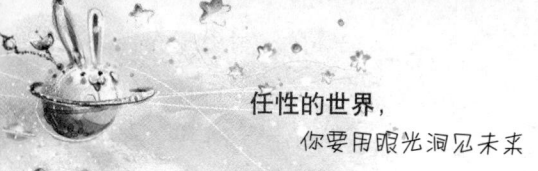

任性的世界,
你要用眼光洞见未来

哲理,就在人生转折处

"哲"是形声字,从口折声。《尔雅》中对"哲"的解释是:"哲,智也。"何谓智者,小则平凡生活看得清,大则宇宙人生洞得明,也即懂得"哲理"。人们常说,岁寒知松柏,患难见真情。其实一个人的智慧,也一样,只有在人生的紧要处,才能看到一个人智慧的高低。也即在人生的"转折关口",你的选择富有智慧,你也就掌握了人生"哲"理。

一帆风顺的人生,谁都可以说自己是优秀的船主。只有风暴来临的时候才能分辨谁优谁劣。当然,面对逆境,你有能力驾驭,并迎难而上,这是一种智慧;面对强者,你分析自己的弱势,并选择避让,这也是一种智慧。而这种智慧还不足以说明你有"哲"人之思。哲人之思不仅有明智的选择,而且胜不骄,败不馁,从两面思考,达到心安理得的坦然境界。

苏格拉底是一个大哲学家,他有一个悍妻。某一天,苏格拉底在家中会见朋友,其妻子不知何故大发雷霆,苏格拉底不予理睬,哪知他妻子将一盆洗脚水迎面浇来。苏格拉底却淡然地对朋友说:"没关系,我知道在雷声之后,会有倾盆大雨的。我们接着谈。"

苏格拉底面对突如其来的"窘境",不是暴跳如雷,而是用幽默的智慧去应对。不仅熄灭了妻子的心头之火,也化解了朋友的尴尬之境。让人不得不佩服其"哲人，智者也"。

其实"哲理"，就是让人换个思路去思考问题。顺境时要有居安思危之心，逆境时要有穷且益坚之志。生活中不沉溺一种状态，不拧，不钻牛角尖。若从某种意义来说，哲理，它不是一种颠扑不破的真理，而是一种心理状态，是遇到困境时的明智选择。是"失之东隅，收之桑榆"的宽心；是"塞翁失马，焉知非福"的劝慰。

深圳一读者看到我的《有些痛苦缘于你不肯离场》文章时，很有感慨，于是决心离开她打拼多年的职场。我告诉她，职场中的状态是去或留。若游离在去或留之中，辗转反侧，就很痛苦。理想状态，去时决绝，留下心安。

不错，"有些痛苦是缘于你不肯离场"，是劝你"放下就是快乐"的。可还有一种生活哲理告诉我们，"命运往往眷顾坚持到最后的人""天将降大任于斯人也，必先苦其心智……"

生活中的哲理，就像流动的餐车，不管走到哪里，都能提供人以美食。有时提供给你的是"志当存高远"这块肥肉，有时又送给你"活在当下，不要好高骛远"的一碟咸菜。错吗？没有！关键是你所需。

人类本来生活在矛盾之中，同样也都是各执一端，站在这一头，理所当然；站在那一头，理直气壮。就如硬币的两面，谁都有存在的理由。

是啊，哲理就是药房抽屉里装的治疗"阴虚"与"阳虚"的药，你不能全部拿走，你必须照方抓药，取你所需。就如但丁说的一句话："走自己的路，让别人去说吧！"你将它妙笔生花得满园春色："走自己的路，留条路让别人走。""走别人的路，让别人无路可走""走自己的路，让别人跟着走。""走别人的路，让出自己的路。"……也行。从多维度思考，每一句都富有"哲理"，可你要全部信的话，你肯定迈不开步子。

路有千万条，能适合走的，只有一条。尽管你脚力很好，但你也只能选一条。

所以我们在人生路上的"转折关口"，必须选择一个"哲"理，来支

任性的世界，
　　你要用眼光洞见未来

持自己走下去。"话说回来了……"是一种理，"话又说回来了……"也是一种理，关键你自己应有选择的智慧与态度。

　　正如你选择硬币的正面，你看到的是面值；你选择反面，欣赏的是菊花。

辑一
不要太任性，福气会溜走

青春没有地平线

点开QQ，一个个卡通图像夸张地摇晃着脑袋。他们是我那些刚高三毕业的学生。

图像表情各异，代表的是此时的心情状态。三年高中生活，一朝有了分野。榜上有名的自然喜笑颜开，梦断"蓝桥"的哪能笑得出来。

我分别与他们打了个招呼。我知道此时他们有许多话要与我讲。成功者的喜悦要分享，落败者的沮丧更要我去抚慰。

一直优秀的欣，与重点只差两分。她说，辜负了老师的期望。是啊，煮熟的鸭子飞了。这是多么一件令人遗憾的事啊！但高考就这么残酷，稍不留神跌一跤，就成了永远的痛。

小俊是借读生，他一直很努力，无奈基础差。他落榜是在我预料中的事。他说，父亲身体不好，家里还有一个弟弟上学，靠母亲一人在服装厂打工维持生计。他决定不读大专了。

健的调皮让他付出了代价，考个三本的他，正犹豫着是复读还是升学……

高考之后总是几家欢乐几家愁的。兴奋、痛苦、犹豫、迷惘都在此时集中出现。但一切干巴巴的劝说是无益的。我只想不经意地给他们聊聊身边的故事。

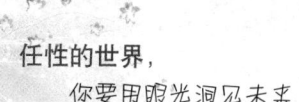

任性的世界,
　　你要用眼光洞见未来

　　音弦是我任初中校长时的学生,在省城工作。说实话,她在QQ中找到我时,我对她已记不得了。她说我曾夸她有灵气。这似乎让我想起一点儿。在交谈中,得知她曾经很喜欢写些文字。在我来不及回复时,QQ对话框已闪出了一首词。当我看到"二十年求学路茫茫!路茫茫,人彷徨,未卜明朝在何方?"知道她曾有过辛酸的故事。

　　她说她从大学毕业时,像被弃在路边的流浪猫,不知何处是安身之所。那时翻破报纸招聘栏,走大街穿小巷,却处处碰壁,心情一度极其低落。为了生存,她才勉强找了一个与专业牛头不对驴嘴的工作。

　　其实她是学政法的文科生,她的许多同学都纷纷进入了公务员队伍。她不想被一张办公桌困死一生,却又不甘心只有就业、没有事业的工作。她一气之下,来个一百八十度的大转弯,考工科研究生。当她以为自己的华丽转身,应有美好未来时,就业市场依然萎靡。她不得不降尊纡贵,从底层做起。

　　如今她已做到了公司中层,还买了一辆小车。她说已积累了一定经验,准备自己开个电子物流公司。后面的话是音弦驾着车接站时对我说的。

　　上面的故事算是与欣你一言我一语讲完的。只见QQ上的欣来了劲头说:我这次失误了,可以利用后面的机会让自己做得更好。我回复她:成功的人,都是输过而不服输的人。

　　健有点急了,小图像闪个不停。他说:老师我到底是走还是复读?这个我还真不能拿主意。但我还是告诉他,复读无非想提升档次,家境不好,可以考虑。若选择读三本,只要你不放弃,也可以提升自己。能主动改变自己的人,一生才不会被动生活。我将与欣的谈话记录剪截给了他。

　　小俊没有插话,我以为他下线了,谁知他一直默默听着。

　　我跟他聊起了去年的一次同学会。其实那是我近二十年前的初中学生,平时天南海北,利用回家过年聚在了一起。那天,猛子开着豪车,在当年考取中专的云菊陪同下,将我接到酒店。猛子是出了名的野,用无"恶"不作有些夸张,但大错也犯,小错不断。他向我敬酒时说,不是老师严格管教，说不定他走上了邪道。猛子初中毕业后就到内蒙古打工，经过多年打拼开了自己的公司，拥有相当可观的资产。

云菊又向我一一介绍了其他同学，三十多位都有着自己的事业，且日子过得活色生香。

我对小俊说：教育不过是一座桥，桥的那头，路有千万条。你看那些初中毕业生不也闯出了一片天地，你怕什么？

小俊说自己看不到前方的路。我理解此时他的面前就像挡着一座大山，可车到山前必有路。路有时看不见，但肯定在山的那边。只要一步步地走下去，就能走出今天，走过明天。

最后我向他们推荐杨培安的歌《我相信》。QQ空间顿时飘荡着动人的旋律——"……我相信我就是我，我相信明天；我相信青春没有地平线……我相信希望，我相信伸手就能碰到天。"

我同时在QQ上写下：你们是八九点钟的太阳，相信自己，相信青春没有地平线。

> 任性的世界，
> 你要用眼光洞见未来

试试看，你会喜欢的

"试试看，你会喜欢的。"这是骆家辉家人常说的一句口头禅。

说这句话的是骆家辉的父亲。他是一位厨师，经常花样翻新地做许多中国菜给儿孙们吃。他的孙子们，第一次面对五花八门的菜肴，吐舌拒绝，不愿去吃。这时骆家辉的爸爸就会对他们说："试试看，你会喜欢的！"结果他的孙子们一试，竟喜欢得欲罢不能。

第一次面对自己不熟悉的事物，我们都会有一种复杂的心情，或欣喜期盼，或担忧拒绝。

欣喜与期盼的第一次，无须他人鼓励，如第一次与心仪的女生单独并行，你心中窃喜，却心怀小兔，平时的锋芒与野性顿时遁了形，你局促不安地想说点什么，竟语无伦次，不着边际，你涨红了脸直到遇到了人，才出现一些淡色。其实这样的第一次是少男少女青春气息的相遇与交融，有香甜，也有酸涩，这样的第一次，让人铭记一辈子。若说"试试看，你会喜欢的"，显然是多余的废话。

让你胆怯与担忧的第一次，如第一次失败、第一次失去，那你就用"试试看"的乐观心情去对待，也许会达到"你会喜欢的"结果。

"试试看"，是你心有畏惧，或被一种思维定势所束缚，不愿改变原有状态，而采取的尝试性调整。

这让人想起山东人的斗羊，若一只羊被另一只羊斗败了，多年后相遇，失败的羊哪怕比对手强壮，但嗅出对手气味后，不需斗就落荒而逃了。羊不会去"试试看"的，它第一次失败的阴影在心头还没有驱散。而人是有意志力的动物，当你人生遭遇第一次失败后，你不要怨天尤人，你试着分析自己的状况，找出失败的原因，重整旗鼓，也许会出现天朗气清、惠风和畅的新局面。

我一学生，在班上成绩一直不错，可高考时却出人意料地落了榜。他品尝到了人生第一次失败的痛苦。他极度沮丧、自责，达到了祥林嫂唠叨的地步，并打算放弃学习，出门打工。我找到他，帮他分析，才知道他太想成功，结果适得其反。这位学生不是知识缺陷，而是心理脆弱。我让他调适心理，以"不求最好，只求无悔"的心态去"试试看"，就一定会成功。他听了我的话，复读时埋头苦学，不问名次，今年终于考取了一所好大学。

第一次面对困难和挫折，试试再奋斗或试试走另一条路，都是应有的选择。停下脚步永远在原地，找准方向坚持走，希望肯定在前头。若第一次失败就偃旗息鼓，那"六六"粉就不能问世，电灯泡就不会发明。所有成功者，谁不是经历过若干次的失败？第一次失败又算什么呢？

不去试试，可能错过一时，也许错过一生。《超级访问》中影星朱雨辰说，他求职失败何止是一次，他试着敲了99次门都失败了，到了100次时，一扇机遇之门才为他而开。

可在现实中，我们常常习惯了一种状态，当新的事物第一次出现时，喜欢以主观情感来判断，只要自己讨厌的、担忧的，就不去碰它，回避它；自己喜欢的，不论好坏，又一味地接受。这样的态度最容易出现主观与偏见。就像榴莲，你不尝试吃它，就不可能知道它特殊的美味。许多事我们需要试一试，也许在尝试的过程中，情感会发生变化，从不喜欢转化为喜欢。

其实不论你愿意与否，生活往往都是以第一次陌生面孔与你不期而遇。

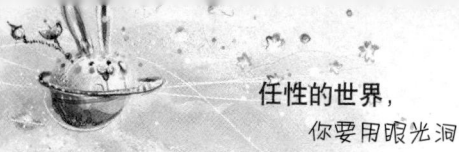

任性的世界，
你要用眼光洞见未来

其中有你喜欢的，也有不喜欢的。有主动面对的，如你第一次约会、第一次领奖、第一次工作……有被动介入的，如第一次亲人与你别离、第一次失恋……

我想积极的生活态度应该是：喜欢的欣然笑纳，不喜欢的也要坦然面对。面对人生"第一次"，记着骆家辉家庭的口头禅："试试看，你会喜欢的。"

躲雨是一种智慧

生活的惯性，让人有时不想打破已有状态。

天阴沉沉，像谁欠了它债似的。我和妻子没管这些，依然在晚饭后到老地方去散步。说是老地方，其实不过是刚修好的柏油路，一头接着高速路的出口，一头绕进田野与老街接头。大家都知道，路这一绕，将田地就揽进了城市怀抱。

小城逼仄，一到傍晚各条路上都挤满了人，想要让自己独处幽境，竟是一件十分难为的事情。这条路从施工始，我就来过，虽然不怎么好走，还要跨过沟沟坎坎，但比在那些路上虚与应酬还要轻松得多。现在路修成了，我多么希望在这条路上做个自由独行者。可随着日子的推移，人越来越多。原来生活从寂静到热闹是那么容易，可从繁华到恬静竟有那么多的距离。

雨是要下的，但现在不会，不过我不愿意现在就赶集似的往路上跑，我要等到天黑，路人将散尽时再出去。乌云将天压得很低，天色提前暗了下来。我与妻子此时才扎进夜幕之中。

老街上的灯泛着黄黄的光，没精打采的，似乎预示着一场雨的来临。但我又以侥幸的心理认为，老天常常只是做做样子，发点脾气以后，没有一点动静。

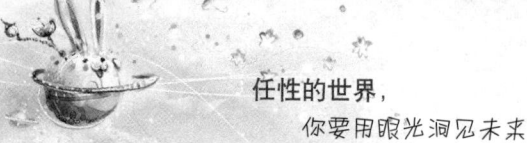

任性的世界，
你要用眼光洞见未来

可此时我错了，雨先是稀稀拉拉的，但我与妻还是坚持往路上赶，心想即使大点，淋湿了也没有什么关系，毕竟是夏天。妻问我："你记得什么时候淋过雨？"我一想，答道："淋过雨那很是寻常，如果说淋透的那种，可能是小时候了。"雨有点大了。妻侧身提着嗓门说："我们淋透一次怎样？"就算是"老夫聊发少年狂"，我就应允了。

心里一答应，步子就变得从容起来。雨哗啦啦地砸在脸上，衣与身子贴得越来越近，最后将我臃肿的身子裹得像个粽子。刚才还本能地踮着脚往高处走，现在湿透了身子，索性往水凼中踩。就像儿时穿上刚买的新靴，不往干处走，专找湿处行。

正埋头走着，啪啪声引起了我的注意，这是雨打在伞上的声音。侧身相望，见两人躬身躲在伞下，匆匆往回走。此时的雨下得很是恣意，下水道已不得尽己所能了，伞放在头顶已经是一个摆设。但我还是看到那大人将伞紧紧地靠近小孩身上。

我想起小时候上学，下雨时男孩子喜欢雨中冲锋的感觉，娘总在中途将我截住，一把伞撑在了我的头顶。回家后看到娘的身子湿透了，竟傻傻地问娘："打了伞怎么还湿了？"娘放下伞责备地说："以后下雨时别急，要学会躲雨，不要像你爹一根筋。"

娘说爹那年为生产队驮树，正逢下雨，别人都躲到了队屋里，爹为多挣工分，还冒着雨驮，结果树撞到墙角，从肩上滑了下来，砸伤了腰。其实娘责怪爹不会躲雨不是这件事，而是在"反右"时，让他提意见。那天晚上空气沉闷，黑云压城，头儿就一个劲地鼓动大家有意见就提。爹本木讷，最后还是提了"肚子吃不饱，事情做不少"这十个字的意见，结果让他背了二十多年的"十"字架。可有一个人，很是灵活，说要下雨了，家里房子漏，没有发言，就溜回了家。后来就他一人躲过了这场政治风雨。

雨真的下得欢，我被层层雨幕裹着，从电光中已难辨方向，柏油路像一条小河翻滚着浪花。被雨水淋透的身子有点冷，我与妻还是折进路旁的一个蔬菜大棚中躲起雨来，任凭雷声大作，任凭大雨瓢泼，我俩在塑料大

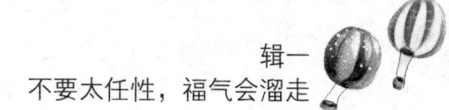

辑一
不要太任性，福气会溜走

棚中享受着如打击乐的天籁之音。

有意让雨淋透只不过是童心大发，真正的生活都喜欢爽朗气清的日子。

生活不是自己预设的状态，当风雨骤临时，你可以投身雨中寻找别样的感受，也可以带上雨具，或者尽量躲开。但人生途中若遇到阴霾、遇到风雨，你应做到让自己受到最小的伤害，或顺其自然，或耐心躲避，相信总有风停雨住的时候。

躲雨，其实也是一种智慧。

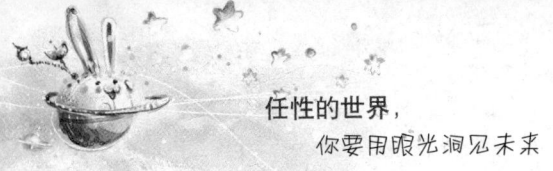

任性的世界，
你要用眼光洞见未来

"多做一点"，成功不会远

其实许多人的成功并没有多大的诀窍，他们只不过是在本分之外多做了那么一点点。久而久之，成功就走在了别人前面。

认识胡师傅是好几年前的冬天，他是个管道疏通工。那年宿舍楼的下水道淤塞了，秽水横流，殃及道路。正值年关，地上又有积雪，胡师傅与他妻子还是应召带着家什来到宿舍楼下。谈定价格之后，胡师傅掀开化粪池的水泥盖，才知这种淤塞不一般。两池之间不知何原因，不是直通的，而是弯道相连。机械无法操作，胡师傅只好用长竹板人工捅捣，最后花了九牛二虎之力才将淤塞捅通。我们以为没有他的事了，哪想胡师傅将两个化粪池做了个彻底清理，并将清出的污泥浊物一并运走。

人们暗自高兴，幸好没与他砍价。胡师傅将事做得如此彻底，三百来元，应该说"事"有所值。可更让人没想到的是，胡师傅与他妻子将楼前的积雪一并清扫干净。这让人们很不好意思，纷纷说要加些钱。胡师傅却说，只多做了一点点，顺手之劳而已。

自此以后，哪怕楼道里糊满了疏通管道的小广告，我们也是非胡师傅不请。楼上大妈还在无意唠嗑中给他介绍了好几单生意。

胡师傅就因长期的"多做一点"，生意出奇的好，钱自然也比他人赚得多。

辑一
不要太任性，福气会溜走

卡洛·道尼斯是世界著名的投资顾问专家。他最初为杜兰特工作时，职务很低，可很快成为杜兰特下属一家公司的总裁。他对自己能如此快速地升迁，说了这样一席话：刚来工作时，我就注意到，每天下班后，所有的人都回家了，杜兰特先生仍然会留在办公室里继续工作。因此，我决定下班后也留在办公室里。是的，的确没有人要求我这样做，但我认为自己应该留下来，在需要时为杜兰特先生提供一点帮助。若说我升职有什么秘密，那秘密在于"每天多干一点点"。

就是在这个"多干一点点"中，多了一点能力的积累，同时也多了一点机会的青睐。

我的一位当教师的同学，做事特别认真。新课程改革要求教师写课后反思，有的教师或为应急检查而为，或为职称评定而写，即使写了，也是三言两语走过场。而他认认真真地去落实，每课一反思，并且总比他人多写一点。十年过去了，该同学出了两本较有影响的课后反思录，去年还被评为特级教师。别人问他成功的秘诀，他笑着说，只是按要求多做了一点点。

"按要求多做了一点点。"这话也算不上谦虚。一般情况下每个人若按要求去做也就很不错了，但若比要求做多一点、做深一点，自然就成了专家级教师。现实中的许多人做事偷奸耍滑，总想少做一点点。就如将人生该背负的十字架，今天锯一点，明天锯一点，从眼前看是减轻了背负的重量，但若遇到人生途中的沟壑，被你锯短的十字架就无法搭桥让你前行。所以这些人永远滞留在此岸，只好望着彼岸叹息。

多做一点点，包含大智慧。可就是这个"多一点点"，却让许多人难以做到。

成功说难也难，说易也易。倘若掌握了"多一点点"的智慧，与人交往真诚多一点，与人共事吃亏多一点，本分工作认真多一点，商业经营诚信多一点，遇到困难坚持多一点……那成功离你就不远了。

任性的世界，
你要用眼光洞见未来

拎着手杖走路

一

生活中许多事总印证着"墨菲定律"，你精心准备着，成了多余；你懒得准备，又出了问题。

我与妻子想趁着长假到黄山转转，之前在网上淘了一根能伸缩、带相机架的登山手杖。启程时尽管将它调成最短，但放在旅行包里，还是大半个身子探出包外，晃晃荡荡的。到了南方一城市，我索性将它拉开，握在手中。

天气施着夏日的余威，街道两旁的老梧桐上的蝉声，没有半点衰鸣的迹象。在炎热的天气里赶路，路程总显得格外的长，人也格外疲惫。幸好我拄着手杖，与妻子一道走街巷、过马路、坐地铁，不觉得太累。最为幸运的，坐地铁的人虽摩肩接踵，但我们总能先上车，找到歇乏的座位。

坐在车中，我双手握看手杖，拄在胸前，竟有了一种闲适安逸的奇妙感觉。我环顾车内乘客，有的埋头玩着手机，有的微闭着眼似乎盘算着自己的心事，有的紧紧拽着车把手，随着车子摇晃……回收视线，却发现一着黄军裤的白发老者就站在我的身边。我立马起身，拎起包和手杖站了起来。老人说了声"谢谢"，身子也就随之落在座上。

一站一站的人越积越多,我已找不到扶手的地方了。我于是将包背在背上,在摇晃的车厢中,弓着身子,拄着拐杖,保持着应有的平衡。

不知何时,老人扭头看到我,欠着身子,说什么也要将座位还给我。我笑着再三对他说:"您老坐,我没事的。"可老人就是不干。我干脆直说:"你老坐,我腿没有问题。"老人迟疑地望了望我手中的拐杖,还是颤巍巍地站了起来。

手杖是老人的帮手,古人直称其为"扶老",我这个腿未残、人未老的中年人,拄着它,虽有几分尊长味,但"骗"了他人的同情心。

我这才知道,生活中有时要拎着手杖走路。

二

不用的钱,放在银行里就是一串数字,但这串数字会让你踏实而温暖。

1989年的时候,我就有一笔可观的钱。那是我的伯父从台湾汇来的,说是给我刚出生的儿子教育培养的费用。对这笔意外之财,我当然高兴。当时工资不到一百,几万块钱,简直是天文数字。后来有人说,凭这笔钱可在县城买一到两套住房,或购一处门面。可我们一来无投资概念;二来固执地认为,既然是长辈给孩子教育用的,大人就不能染指。

现在想想,小屁孩不知后来是公獐还是母鳖,这样的迂腐是有些不划算。尤其大家庭里有事,找到我,我宁可借钱、贷款,也守着这笔钱不动。

美元一天天地贬值,能兑换到的人民币一天比一天瘦。但我与妻子始终不为之动心,好像这笔钱与我无关似的。即使后来买房子,也没有打这笔钱的主意。

这笔钱在银行里待了二十年,等儿子读大学兑换成人民币时,与二十年前兑换的一样多。妻子苦笑着说:"真是土罐里养乌龟,越养越缩。"

可我不这样认为,有了这笔钱,就像在崎岖的路途中,拥有一支拐杖,尽管没用它,但行走的底气足多了。二十年来,就这串缩水的数字,让我们小家庭在心理上,过得优越、踏实、滋润。

任性的世界，
你要用眼光洞见未来

这让我想起小时候养鸟，尽管最后鸟儿飞了，笼子里只剩下一片羽毛，可这片残羽却给人一段美好回忆。

生活往往这样，有了美好的过程，结果并不太重要。

三

我每天散步走过的路，有一段没修好，低洼不平的，下雨天就成了泥淖。

路的旁边简易板房里，住着一位八十高龄的孤老太太。在一个夕阳西下的日子里，她佝偻着身子，蹒跚地背着满畚箕的土渣，将一个个窟窿填平，说是雨雪天气将要来了。

我路过时，帮着拎了几畚箕，看见老人的拐杖斜靠在门口的破藤椅边。

辑一
不要太任性，福气会溜走

生活不仅是蛋炒饭

小城有一处早点蛋炒饭，很有名气。

每天去的人特别多，简易帐篷里常常是座无虚席，门口头的锅边还围着一群人。我之前有些不信，不就是蛋炒饭嘛！先煎鸡蛋后炒饭，哪怕吃的是御膳。可我去了之后才知，说是蛋炒饭，可提供给你的小菜竟有六七样之多，而且还经常变换花样。

我这才明白吸引人的不仅仅是蛋炒饭，而是一种"花样"。

其实生活也是一样。刻板单调的生活会将人引向迟钝、麻木和窒息的境地。哪怕是你心仪的蛋炒饭，让你餐餐吃，就成了一种生活的惩罚。

这让我想起了一对结婚十多年的夫妻离婚的事来。

那年他刚大学毕业，分配到小镇教书。他家里很穷，为了他读书，恨不得卖屋柱子，心想只要供他上了大学，一家子就会苦尽甘来。区区百来块的工资，他将大部分交到家里，自己留的一点仅能糊个肚子。捉襟见肘的生活常让他自惭形秽。

就像低处拒绝不了水一样，校长的女儿滑进他的生活，让他落魄的心情有了满意。校长的女儿在学校食堂里当临时工，与他同居一屋檐下。看他生活太过寒酸，常常给他蛋炒饭吃。一来二往，两人感情升温，竟好上了。结婚多年后，他还在夸他老婆的蛋炒饭真的好吃。

任性的世界，
你要用眼光洞见未来

想不到被蛋炒饭温暖了若干年的他，居然离婚了。而离婚的原因，竟是"蛋炒饭"。

这让人有些不解。他在老丈人的荫护下调到市里，妻子也早就转为了事业单位正式工。生活水平与先前比已是天壤之别了。他说，她一年到头只知道"蛋炒饭"。今天蛋炒饭，明天蛋炒饭，后天让她换一下，她多放一个蛋，说是饭炒蛋。这种说法有点夸张和幽默。但他说她对生活的态度就是如此。

她的生活永远停在过去的"务实"里。你给她生日买束花吧，她要骂你是败家子；你想请朋友喝个茶吧，她说花那钱家里可泡好多壶；你要买点书吧，她说那也不能当饭吃；你要出去散步吧，她将一堆衣抛给你，让你消饭劲……总之，她认为生活就是蛋炒饭，能填肚皮，实惠，别的都是扯淡。

这不得不让人思考。当温饱存在问题时，一碗蛋炒饭让人充实亲切，让你心怀感恩。可生活的列车在行进，走出寒冬时，要欣赏春的芬芳；路过夏季时，要领略它的蓬勃；行到秋天时，要分享它的硕果……总裹着冬季的行头，生活自然被旧棉衣焐出了痱子；总背着旧时的包袱，自然滞重了生活的脚步。

正如音乐人高晓松所说，不要被物质所累，不要为住房所愁，生活要有诗和远方。是啊，花钱细啜着卡布季诺不是为解渴，是消费着咖啡厅的空间，是求得一份情调和品位。

这位妻子将日子过得太实，以至于心灵透不进阳光，婚姻霉变是迟早的事。

人是要务实的。当年才女杨绛与钱钟书结合，为稻粱谋，她当过小学教师、中学校长，还利用休息时间操持家务。可杨绛从没有忽略自己的内心世界，没有忘记与钱钟书的共同"志趣"，她利用业余时间写了许多话剧。同时还支持丈夫潜心写作《围城》。她知道一个人的生活不光需要"蛋炒饭"。

钱钟书母亲夸杨绛说："她笔杆摇得，锅铲握得，在家什么粗活都干，

真是上得厅堂,下得厨房,入水能游,出水能跳,钟书痴人痴福。"从这段话可知杨绛是生活在多层空间状态中,并做得随物赋形,得体自如。是啊,"笔杆摇"的是精神,"锅铲握"的是物质。"上得厅堂"是生活的雅致,"下得厨房"是生活的真实。

生活永远需要物质支撑,需要那么一碗蛋炒饭,但仅仅这些是不够的。

因为生活不是一种状态,是鲜活的、动态的。若真要用蛋炒饭作喻,也应是一种有花样、有情致的蛋炒饭。

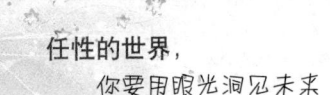

任性的世界，
你要用眼光洞见未来

"归零"，开启另一个精彩人生

朋友邀我小聚，说是有一件事要征求我的意见。

其实生活中的大多征求意见，或是走个过场，遮人耳目而已；或是昭示于人，寻求点慰藉罢了。因为他已千百次问过自己，无数次缱绻"拉锯"才做决定的。当朋友说要下海创业时，我还是大吃一惊。

朋友已近四十岁了，在某县当法官，按理说是个有人求、有甜头且体面的职业，可他不愿意困死在体制内，想抓住青春的尾巴，在体制外搏一把。我心想此种年龄，哪里有青春的尾巴，只残留点曳尾于涂的痕迹。虽说，生活就是打拼，创业不在年龄。但像他这样将别人求之不得的"金饭碗"，弃之如履，净身而去，不得不让人佩服他敢于将生活"归零"的勇气。

生活有时就如计算器里跳动的数据，无数次地重复、无止境地复加，以致里面的数字纷繁复杂，凌乱如麻。轻轻一按归零键，于是就又有了新的生活演算平台。有了这个平台，于是就有了新的演算公式、新的运算法则，也会诞生新的数据。现实中，大多数人一生都进行着持久而庞大的一种运算，在这个运算中，你不断积累经验、人脉、荣誉、金钱、地位……同时也有了日复一日的单调乏味。你罢之不能，弃之不忍，于是你硬着头皮继续着你早已倦怠、毫无热情的演算。

能将过去的一切归零，确实有破釜沉舟、壮士断腕的气概。

辑一
不要太任性，福气会溜走

无独有偶，国内某著名教师报编辑梁恕俭，也是一位将自己曾经的拥有"归零"的人。他本在山东某地中学教语文，不拘成法，大胆创新，"每课一诗"让他名声大噪，当他本可收获名誉和地位时，却毅然辞去驾轻就熟的工作，将到手的一切归零，选择了"北漂"。毋庸置疑，"北漂"在人们心底的字典中，除了"北京梦"之外，另一释义就是"艰辛"二字。梁老师先靠卖文鬻字勉强维持生计，后来做专门招徕"参会客"的工作，最终凭自己实力闯进了报社，回归本行，当起了教育培训师。

朋友的离职和梁老师的"北漂"，都是主动挥斩过去，将自己置于"囵"地，而求后生。选择归零，就是选择另一种人生。

归零是一种勇气，有时也是一种智慧。

哈佛大学校长科尔曼博士，也曾将生活"归零"过。他来北京大学访问的时候，讲了一段自己的亲身经历。有一年，他向学校请了三个月的假，只身一人来到美国南部的农村，尝试着过另一种全新的生活。他到农场去打工，去饭店刷盘子。在田地干活时，背着老板躲在角落里抽烟，或和工友偷懒聊天。最让他好笑的，在一家餐厅找到一份刷盘子的工作，干了四个小时后，老板把他叫来，跟他说："可怜的老头，你刷盘子太慢了，你被解雇了。"

这个"可怜的老头"将自己的三个月的工作来个短暂"归零"，不仅让他感受到前所未有的愉悦，而且当他重新回到哈佛，回到自己熟悉的工作环境后，却觉得以往再熟悉不过的东西都变得新鲜有趣起来，工作成为一种全新的享受。

可见，此种"归零"如"冥想"，将身心的负担全部卸空，短时间里抛却名誉、地位，甚至是责任，让自己"脱胎换骨"，也就重新注入了生命的活力。将过去成绩或已得到手的名利"归零"，就像将茶杯中的茶水倒掉一些，这样有了"君子不器"，人就会处于不满足状态，也就会有长足的进步。

"归零"，失去的是过去，拥有的是现在，期冀的是未来。当然生活的

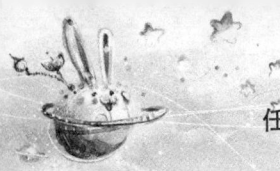

任性的世界，
　　你要用眼光洞见未来

无常，有时也像计算器的故障，会突然让你的一切"归零"。你该有的名誉、地位、金钱、爱情等，顿时化为泡影，你的生活被"归零"，此时怨天尤人、一蹶不振都无济于事，你只有调整自己，化被动为主动，让心态蓄足正能量，以"只不过是从头再来"的豪迈，去相信：归零，是重新选择人生，而且也有精彩的可能。

辑二

莫畏浮云遮望眼，激活人生别有天

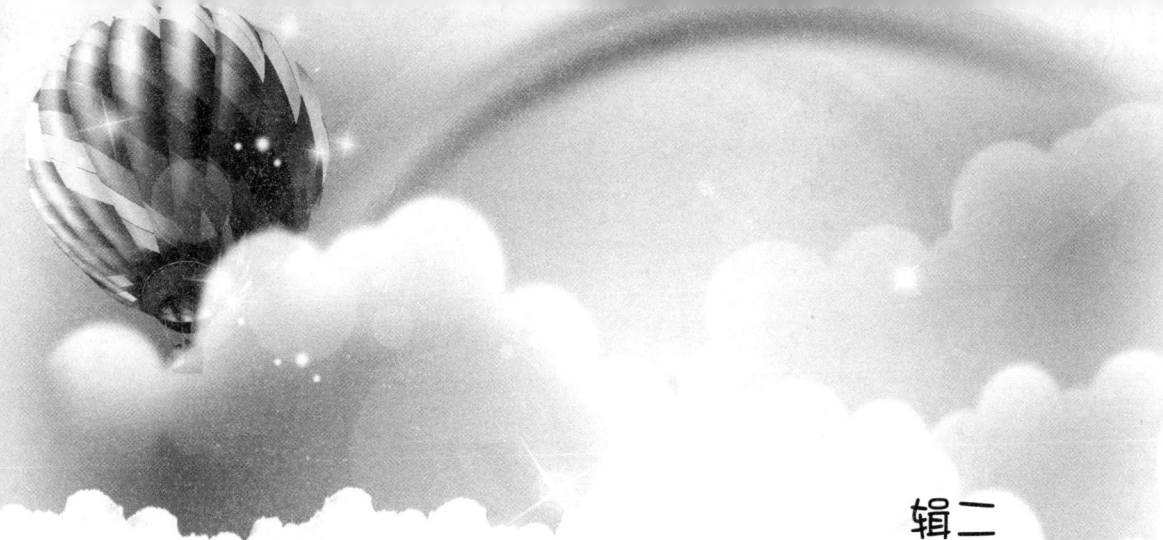

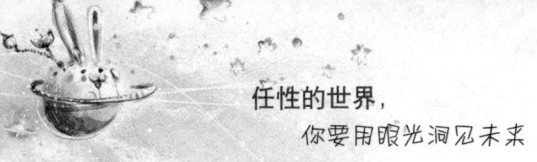

任性的世界，
你要用眼光洞见未来

命运往往眷顾"被抛弃者"

诺贝尔文学奖得主莫言在其《讲故事的人》的演讲中，讲了一个故事：有八个外出打工的泥瓦匠，为避一场暴风雨，躲进了一座破庙。外边的雷声一阵紧似一阵，一个个的火球，在庙门外滚来滚去，空中似乎还有吱吱的龙叫声。众人都胆战心惊，面如土色。有一个人说："我们八个人中，必定一个人干过伤天害理的坏事，谁干过坏事，就自己走出庙接受惩罚吧，免得让好人受到牵连。"自然没有人愿意出去。又有人提议道："既然大家都不想出去，那我们就将自己的草帽往外抛吧，谁的草帽被刮出庙门，就说明谁干了坏事，那就请他出去接受惩罚。"于是大家就将自己的草帽往庙门外抛，七个人的草帽被刮回了庙内，只有一个人的草帽被卷了出去。大家就催这个人出去受罚。他自然不愿出去，众人便将他抬起来扔出了庙门。那个人刚被扔出庙门，那座破庙轰然坍塌。

大凡故事都有点意料之外、情理之中。莫言没有诠释这个故事，但我们仍能从中体会到，当一个人被众人抛弃的时候，不一定是这个人的不幸，有可能是众人的悲哀。

这让人想起了战国时期的纵横家苏秦，他年轻时，学问不深，到处推销自己，钱用光了，也没被赏识。等他垂头丧气地回到家，是"妻不下纴，嫂不为饮，父母不与言"。他算是被家人"抛弃"了。于是他"头悬梁，

锥刺股",终于学业有所成,并"以三寸不烂之舌为帝王师",掌控了六国相印,成了合纵国的总指挥。六国抱成团,秦国不敢犯。十五年间秦军"不敢越雷池半步"。

苏秦这位当初被抛弃的人,成了天下最有权势的"封面人物"。

想不到一千多年后的同宗苏轼也是一个屡被"抛弃"的人。当他因"莫须有"乌台诗案被贬黄州时,他的弟弟都为他抱不平,"东坡何罪?独以名太高"。余秋雨在《苏东坡的突围》中写道,他太出色、太响亮,能把四周的笔墨比得十分寒碜,能把同代的文人比得有点狼狈,引起一部分人酸溜溜的嫉恨,然后你一拳我一脚地糟践。而苏东坡并不因被皇帝抛弃在这穷乡僻壤而郁郁不安,不因他人拳脚交加污水浇头而怨天尤人,他寄情山水,独悟成章,"一道神秘的天光射向黄州",《念奴娇·赤壁怀古》和前后《赤壁赋》终于诞生。

当爱情离你远去,事业不能成功,一腔真心换得满盆凉水,命运将你抵到了一个屋角时,你是楚楚可怜地苟且偷生,还是不甘沉沦,蓄势待发。这取决于被抛弃者自身的素质与取向。如上面的二苏就像一根弹力十足的弹簧,当压力最大时,也是它反弹力最强的时候。这一反弹就能划过天空,闪亮、耀眼而被定格成历史的永恒。

生活往往可叹可悲,被抛弃的如那个破庙中帽子被吹出的倒霉者,抛弃者却葬身在瓦砾之中。如苏秦被齐国的刺客彻底地抛弃到生命之门外,六国也随着苏秦的被抛弃而轰然倒塌在历史的风雨中。

被抛弃的原因是多样的,有无情、无辜,也有像"庙里丢草帽"一样的荒唐,但被抛弃的肯定都是无力、无助、无奈的。这没关系,关键是在你被抛弃坠落的时候,你的反作用力能不能让你从另一个角度找到生命的出口。

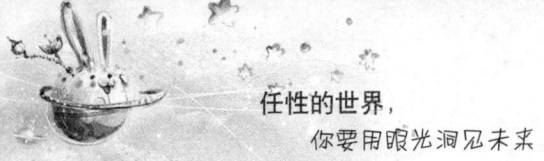

任性的世界,
你要用眼光洞见未来

心不跛，就会走出平坦路

我承认，那一块小石子我没把它放在眼里。

那天照例骑车往家走，水泥路上的石子像从暗处窜出的歹人一般，让我的自行车侧翻了，人车重量压在脚踝骨上。我不得不过起了跛行的日子。

我的体重本就超标，硕肥身躯让一只脚承受，着实委屈。这下好了，伤脚痛，好脚苦。一颠一颠的，眼中的事物也跟着上下晃荡。我担心路人抛出一些无关痛痒的同情目光，于是咧着嘴，将痛苦夸张地写在脸上，好让不熟悉的人知道，我肢体本康健，只不过是遭遇了意外而已。

其实跛行不时与我相伴。好多年前，痛风发作，关节红肿，里面好像无数小虫咬噬，白天连着夜晚，痛得没有缝隙，痛得无处躲藏。我认为脚疾总不是请假的理由，课是要上的，可通往教室的台阶，将我的痛苦一级级提升，到了课堂，我早已是大汗淋漓了。跛是痛引起的，崴的脚，肿得如刚出笼的馒头，哪会不痛。但这痛比痛风不知舒服多少倍，至少晚上睡觉时无须理会。更重要的是这种不动就不痛的痛法，让我躺在沙发上天马行空地遐思。

于是我想到了我曾经的跛脚同事，小儿麻痹症让他萎缩了一只腿，可上天就给他一灵活的脑袋瓜。那年头考中专是凤毛麟角，可他年年考取，

辑二
莫畏浮云遮望眼，激活人生别有天

也年年因跛腿不能录取。但他身残志坚，从未坠青云之志，终于走上了三尺讲台。不时还以自己的残腿自嘲，我们也跟着哈哈一笑。有时还取笑他，是天生的数学老师，走路都是一脚画圆，另一脚画圆的切线。好脚哪知残脚苦，以他残腿取乐，也映照了我等的无知与浅薄。

一个人体态发生了改变，心态就更加敏感。像史铁生在《我的地坛》中就写出了他痛苦的心路历程。当时间消磨着记忆，痛苦变成了麻木，麻木钝去了敏感，最后转为强大的内在力量时，他的跛行往往使他走向成功与辉煌。

身体的跛行是一目了然的，可生活的跛行又有几人能知？我曾处在一个跛行的工作状态，三十多岁，无所事事，整天是人们所说的，一杯清茶一支烟，一张报纸看半天。在别人眼中我俨然是一个成功者，可又有谁知道一个旋转陀螺陡然停止时的不适。正如《老大的幸福》中的老大，不让他做心仪的事，生活自然失去平衡。

这又让我想到了人生常有跛行的时候。因为人生的路不都是平坦的，许多路程是凹凸不平的，甚而中间还有些暗石和水凼，你不得不跛行，而且还不够，说不定什么时候被暗石碰得头破血流；说不定什么时候被浊水溅得污秽不堪。你若揩去血迹，有"一蓑风雨任平生"的洒脱，就有苏子似的千古赤壁；你若挽起裤腿，有"虽九死其犹未悔"的决心，就有屈原样的不朽离骚。

当然你还要理智地审视跛行，若是腿病了，要尽快使它痊愈；若是路坏了，你也可以绕道而行；若真的绕行不了，那就想法填平；若你无法填平，那只好勇敢地面对。怨路不平无益，裹足不前无能，自怨自艾无须。

你只要坚信心不跛，你就会走出个平坦路。

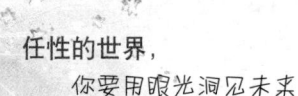

任性的世界，
你要用眼光洞见未来

站得低也能望得远

朋友相聚，饮茶谈天，自然又聊到文学上来。

文友一贯坚持既述亦作的风格，述在口上，写在笔下，几年来竟出了好几本集子。可她不时也有点苦恼，因为总有某些人不时匿名在其文章下留言，说些她文章浅显之类的话，甚至有人格攻击的言语。

不过在我们圈中，对她的褒扬还是很多的。因为我们明白一个简单的道理，你说你写得好，她说她写得好，最好的办法，就是由第三者来判断，这第三者就是编辑。她是个聪明人，总是在别人夸赞她稿子发得多时，就来点自嘲，说自己站得低啦，不如某哥站得高；自己书读得少了，不如某妹读得多。言语谦恭得好像随便在茶楼中找一个人都比她狠似的。其实她的文章有着特殊的快乐因子，好像是天朗气清呢喃的燕子，是船尾卧剥睡莲的小儿，让人喜上心头。鸟兽虫鱼都成了她用心描摹的对象，柴米油盐变成她笔下鲜活的文字。信手拈来，左右逢源，尤其是近几年在飞扬的叙述中也藏有那么点哲思。

文友是小学语文教师，在文学上的最大骄傲，就是将自己的饭碗由瓷的变成了铁的，这让她更能从容地码些文字。我对她说：你与文学结缘如此之深，还怕别人讲吗？走自己熟悉的路，让别人走陌路吧。何况高低都是相对的，不见得见识多的，都能写出文章，写出的文章，也不一定都能变成铅字。

我这样说是有道理的，该文友能把小时候困惑她的《小马过河》故事，站在小学生的角度剖析写成文章。这让我想起了大人带孩子逛商店，大人看到的是柜台后面的东西，而小孩子只能看到柜台里的商品。站得高或站得低都有着不同的风景。她能弯下身子与小孩子同一视线，她看到了别人看不到的东西，她入文的视野自然就广了点。

我这样说看似超出常规，但事实确也如此。尽管《劝学》中就有这样一句话："登高而招，臂非加长也，而见者远；顺风而呼，声非加疾也，而闻者彰。"但这也是有条件的，站得再高，若面前有障碍物，同样也不能让远处的人看到你，或你看到远处的人。有的人身居高位，反而闭目塞听、两眼无光、愚不可及，他怎能洞察天下。倒是因为站得高，别人将其丑态看得一清二楚。当然王安石的"不畏浮云遮望眼，只缘身在最高层"的喟叹，与他有云泥之别，是两个境界。

生活很难找到一个适合每个人的颠扑不破的法则，正如每个人的成功不能完全拷贝一样。文友说她书读得不多，我想若读多了，食古不化，邯郸学步，囿于所学，倒将自个儿的灵气挤得干干净净。到时候怕是一肚子学问有了，可一个字也写不出来了。当然我的意思不是轻慢读书，而是反对她盲目追风去当书虫，让她按自己的风格去写，自信行文，杂音勿听，妙文天成。

她听后若有所思，轻声问道：站得低怎么就看得远呢？我告诉她：站得低望得远的唯一办法，就是仰起你的头望向天空，那么别人比你高多少，你就比别人看得远多少！

任性的世界，
你要用眼光洞见未来

成功不过是多一份坚守

成功的人士往往都说是自己的运好，失败的人一般都讲是自己的命差。"运"成了成功者的谦词，"命"成了失败者的借口。

虽说"谋事在人，成事在天"，但你"谋事"是否执着，与你的成败有一定的因果关系。当你人生进程中碰到休眠状态，或遇到障碍时，试问问自己，你真的坚守你的目标了吗？谁阻碍了你的成功。

联合国秘书长潘基文小时候是一个做事很有韧劲的人。在英语课上，老师要求学生每天抄一遍课文。这位老师也奇怪，中途从没检查过，到了期末老师检查发现，许多学生只在先前抄了一点点，唯有潘基文按老师要求坚持了下来。

我不知道这个故事是不是根据"柏拉图坚持每天甩胳膊"而杜撰的，但坚持不放弃肯定是潘基文日后成功的要素之一。

美国民主党总统候选人的初选，希拉里与奥巴马经过近半年54场艰苦卓绝的竞争后，希拉里渐处下风，但曾发誓"像犀牛一样经得起摔打"的希拉里，将自己比喻成电影《洛奇》的主角，称："我与洛奇之间有很多的共同点，我绝不会退选，绝不会放弃。"坚持奋战到了最后一刻。她虽未赢得总统人选，但她的"绝不放弃"的精神赢得了美国民众的掌声，也最终赢得了国务卿的要职。

我想希拉里若没有坚持的精神，中途退选，奥巴马虽可轻松胜出，但我怀疑最后是否有希、奥双赢的局面。

坚持不一定拥有，但不坚持肯定没有。

在北大等著名学府讲佛学的净空大师，要求研究佛学者，每天八小时学习，一门深入，长时熏修，绕佛经行，五年时间集中精、神、意，学习一部经文，根性利者，三年开悟；稍微浅者，五年开悟。若按此法修习国学，五年精通100篇古文，再学习《四库全书》，那就成了研究《四库全书》的专家了。

可有谁能坚持按照大师之言去做呢？难怪习学者众，得道者寡；习文者多，成家者少了。

正因如此，当代教育家朱永新就公开为教师"开"了一家成功保险公司。他的投保条件是你用十年时间"每日三省吾身，写千字文一篇"。赔付条件是：若10年后自感未跻身成功者之列，愿以一赔百。据说"成功保险公司"自开办以来，已经让许多教师走向成功。

这是朱教授用另一种形式告诉大家，只要按他的条件坚持做了，人人都可以成为成功人士。

如果你还没有成功。你是否换个"行有不得，反求诸己"的心态，想想到底谁阻碍了你的成功？

答案很显然。不是他人，恰恰是你自己在无人监督、无人苛责甚至是阻力重重的情况之下，对目标少了一份坚持和坚守。

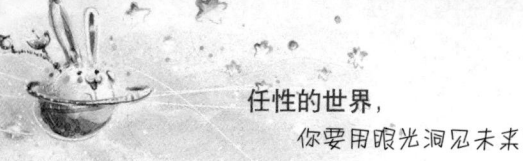

任性的世界，
你要用眼光洞见未来

把握好自己的"机会点"

可口可乐、松下、欧米茄这三家都是北京奥运会顶级赞助商。可在奥运会赛场上，只看到显示屏上"松下电器"的商标和计时器上"欧米茄"的商标。同为奥林匹克顶级赞助商的可口可乐，在所有赛场上看不到它商标的影踪。有人问可口可乐中国区副总裁、北京奥运营销项目总经理大卫，可口可乐对此是否觉得不公平，要不要向奥组委市场营销部主席海博格提出相应的权利要求？大卫回答道：不会的。这是它们的机会点，我不会嫉妒的。每个品牌都有它的机会点。可口可乐只要把握好自己的机会点就行了。

原来为办好一个"清洁"的奥运会，在赛场上不得出现一切赞助商的名字。松下为北京奥运会提供大显示屏，按规定可以在屏幕下打出尺寸有限的商标。欧米茄为北京奥运会提供计时设备，当然也可以打出自己的商标。所以在赛场上，在电视转播中时常看见松下和欧米茄的名字。而作为将奥林匹克合作伙伴签约至2020年的可口可乐，显然无法享受此种优势。因此大卫说这不是可口可乐的"机会点"。

世上没有十全十美的事，正如人们说的，上帝给你关了一扇门，必然给你开了一扇窗。你不可能占尽天时，遍揽优势。

我朋友的妻子开了一间羊毛衫店，从头年十月到来年五月经营，六月

辑二
莫畏浮云遮望眼，激活人生别有天

至九月关张。我问她："关张时房租咋办？"她说："照付。季节性生意就这样，只要把这八个月的生意做好是一样的。"后来她将六至九月这段时间的店铺转租给别人搞冷饮批发，生意也奇好。他们在各自的机会点上都找到了自己的所求。

  人生也是如此，不会时时处处都是你的机会点。当命运的摩天轮将你转入低位时，不要怨天尤人，觉得不公平；当命运的摩天轮将你送上高点时，你要抓住这机会点，尽情饱览无边风景；即使命运的摩天轮没有将你送到机会点，你也尽量静下心来，面对眼前的风光，你可能有新的发现。

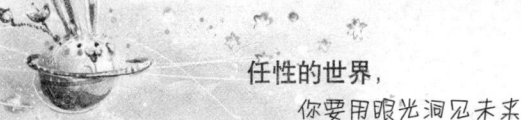

任性的世界，
你要用眼光洞见未来

人生的智勇大冲关

湖南卫视的《智勇大冲关》栏目办得红红火火，有着相当高的收视率。除了每场的参与者给观众带来欢乐外，其中每关的设计还给我们一定的人生启迪。

智勇大冲关有七关，第一关是"逆跑跨栏"，第二关是"借环过河"，第三关是"转盘行进"，第四关是"抓杠飞越"，第五关是"避让障碍"，第六关是"跨越滚筒"，第七关是"跃身灌篮"。

选手在第一关时，往往是信心百倍，志在必得。可实际跑时，操之过急，不顾脚下，埋头狂奔，结果失去了平衡，许多人是"出师未捷身先死"。正如一个涉世之初的人，不知人生旅途中的险恶、事业上的阻力，踌躇满志而眼高手低，花费了不少力气，结果是遍体鳞伤，一事无成。

能过第一关的人，除了体力上的优势外，关键是用了脑子，没有急着将头往前窜，而是将上身尽量仰直，与逆行的脚步协调，这样保持了平衡，也就顺利过关了。

第二关是借助坡面抓住吊环，越过水域。这如人生的第一次机会，只要瞅准了，问题不会太大。当你能跨进转盘进入第三关时，你不能气定神闲，就可能晕头晕脑，失去方向。而人生最忌讳的就是取得一点小成绩，骄傲自满，在鲜花和掌声中，迷失了自我，晕了方向，使自己的事业停滞不前，

辑二
莫畏浮云遮望眼，激活人生别有天

从而丧失前进的机遇。

如果你能保持清醒的头脑，就可牢牢抓住你头顶上机遇的滑杠，让你轻而易举地达到彼岸，进入第四关。这里的"滑杠"就是机遇。机遇就像天空中翩翩的飞蝶，有时绕你而飞，你认识不清，把握不住，它是要飞走的。

人生不会是一帆风顺的，它有明枪，也有冷箭，有流言蜚语，还有绊脚绳。当你拥有机遇，达到人生的一个小高潮时，也是有些人表面恭敬、背后咬牙的时候。第五关的设计，就是在你经过的墩子中，放置了不时扫动的"刮雨器"，一不小心，就将你扫将落马。你只有用智慧和平常心才能避开"刮杆"。就像生活中遭遇嫉妒的暗箭一样，你不把它当回事，不与之纠缠，就不能滞阻你前进的步伐。

嫉妒的流言如阳光下的雪球，有时虽滚得很大，但终见不得太阳。"任凭流言飞如雨，让其自干不停步"，面对第六关的跨越滚筒，你确实要有稳健的步态、均匀的节奏、良好的体能。若一步没踏上中点，滚筒就会滚动，人就会落入水中。这就如人的事业进入了一个比较高的境界，每进一步都不是那么容易的事，而且越高越险。只有稳健、踏实、坚韧品格的人，才能迈入令人称羡的境地。

到跨越灌篮最后一关应是最容易的，只要不忘乎所以，很少会有失败的。但还是有人栽在此处，功败垂成，令人扼腕。本来事业有成，就如握住了杠杆的一端，只要轻轻一使力，就会产生极大的能量。可此时若找不准方向，把持不住自我，骄横跋扈，也会使你已经到手的荣誉、金钱、地位一切化为乌有。

《智勇大冲关》其实就是"人生大冲关"。只不过娱乐中的《智勇大冲关》，只要有一个环节失败就会被淘汰。而人生大冲关中，有的失误，影响你一生，有的失败，可以从头再来。

任性的世界，
你要用眼光洞见未来

十七岁的夏，在一树阳光下鸣唱

北美洲有一种蝉，生命周期非常长，要在地下蛰伏十七年，在它十七岁的夏季，就钻出土壤，羽化成成虫，餐风饮露，鸣唱高歌。

每年的夏季当然不仅仅属于蝉，尽管它历尽漫漫黑暗，历尽千辛万苦，好不容易让自己有了一副坚实的翅膀，它有一百个理由在这个夏季为自己歌唱。但突出重围的胜利者岂止是蝉，还有那些备考多年，在十七岁的夏季参加高考的学子。不论是中榜还是落第，他们都是一个胜利者，因为他们进入了十七岁的夏，将在这个岔道口走向各自不同的人生道路。

我之所以想到了高考学子，是因为我联想到每个夏季不知有多少学子像蝉一样，要振翅高飞。他们像蝉一样经历着十七个春夏秋冬成长学习，为了这个夏季的一举成名，即使有的不能走入理想的高校，也要只身走向社会，在这所比任何大学都门类齐全的社会大学里生活打拼。

自然界的任何生物成长都是需要时间的，当然时间有长有短。我感兴趣的是北美洲的蝉从蛹蜕变成真正意义上的蝉，竟与人的成长阶段有着惊人的契合。你看人吧，从出生时的啼哭到后来的咿呀学语，从蹒跚学步到健走如飞；从懵懂无知到生理的真正成熟，也要十七年的时间。

蝉以蛹的形态默默无闻地蛰伏在地底下，过着暗无天日的生活，忍受着无边的黑暗，拒绝着外面的喧哗。它吸附在树的根须上，吮吸着根须的汁，

辑二
莫畏浮云遮望眼，激活人生别有天

经过十七年的缓慢生长，在十七岁的夏季破土而出，破蛹蜕变，横空振翅。

蝉蜕掉蛹的外壳，是一件痛苦的事。当背部出现裂缝时，那就是蜕皮的开始，它将前爪牢牢地扣在树上，慢慢地自行解脱，就像从一副盔甲中爬出来。当它上半身获得了自由，它必须倒挂在树上，让自己的双翼展开，让体液充盈于双翅，等体液回流到体内，蝉的翅膀就变得坚韧有力了。若在蜕变的过程中，遇到外在因素的干扰或好事者人为的帮忙，那么这个蝉也就真的"残"了。

其实人的成长也是不能越俎代庖的。孩子该历练的事就让他自己来，若不放手，由他人包办代替，虽不会像蝉一样双翅无力或生命很快终结，但孩子的生存能力就大打折扣。生活需要自己参与，学习需要自己体验，该做的事、该吃的苦是人生的助长剂。吃一堑，方可长一智。想拔苗助长逾越某个阶段，可能成为人生永远不可弥补的缺憾。

十七岁的夏是蝉的夏，更是青年学子的夏，因为这个夏对于人来说就是人生的一个逗点，是人生的转折期。你十七年的积淀从某种程度上来说，可能影响你的一生。但人与蝉又不完全一样，人即使到了十七年的夏天还没有历练出一双有力的翅，他还可以在今后的人生道路上奋斗不止。可蝉就没有这样幸运了，它十七年就为这一个夏季的阳光鸣唱，它唱的是夏的赞歌，同时又是自己的挽歌。

修短随化，皆有定数。自然界的任何生命都有敬畏之处，但美洲蝉的生命却更令人惊叹，它将生命的大部分时间都交给漫漫的黑夜，当在盛夏的夜晚听到蝉在疏朗的梧桐上，高唱"知了，知了"时，我们有几人能知道它为了这个夏季的鸣唱，过了多少个艰辛的日子。又有几人知道它的高唱是又一生命轮回的开始。

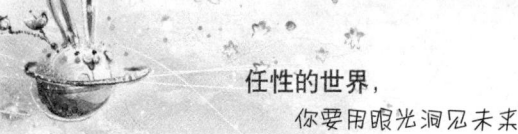

任性的世界，
　　你要用眼光洞见未来

一个人的对弈

　　那天黄昏我走进了一座城市的休闲广场，不经意发现在广场一隅的柳荫下，有一位老人独自面对棋盘下棋。好一个雅致老人，竟与我少年无伴下棋时的情境别无二致。

　　我是这个城市的过客，但我不愿待在鸽笼似的宾馆房间里，我要找一块谁也不认识，能自由呼吸的地方。休闲广场正是好去处。我生活的小城过于狭小，逼仄的小巷人声鼎沸，熟悉的面孔，如了然于胸的一串阿拉伯数字，读也读不完。一路走着，带着疲惫的笑意，客套地寒暄着，以致走走停停，一时半会儿也走不出楚河汉界。

　　世事纷纷如棋局。与自己下棋那是怎样的淡定情怀啊。暮云将歇，余晖淡洒，垂柳下摆着一方棋盘，两边是水泥方凳，老人就坐在一头的凳子上，举棋待定，旁若无人。

　　老人锃亮的前额，将头发逼退到了边缘，几绺发丝，就像几枝顽皮的常青藤，绕至发顶。老人慈眉善目，嘴里叼着一支烟斗，会心凝神地盯着棋盘。

　　我打量着老人，不禁揣度起他的身份来。

　　老人或是一位学富五车的知识分子。生活中的事实告诉我，聪明者不一定绝顶，但绝顶的肯定聪明。说不定老人是一位著作等身的教授。哦，那福尔摩斯似的烟斗,让我想起老画家面对画布,若有所思地布局构思,那烟斗上的缕缕青烟,与思索的愁眉纠结在一起。

老人退休前或是某一单位的领导。这让我想起了我原先的老领导,举手投足间,时常不经意地用手将周边的头发拢到秃顶中间,就像手上的几根青筋蜷曲着。我们私下说老领导有大局意识,经常是"地方支持中央"。在电视中看到老领导开会时,口若悬河,神采飞扬,晃动的脑门自然也是屏幕中最亮的风景了。

不对,不对。仔细看看,老人上身穿着短袖衫,下身套着一大裤衩,赤着脚,左脚踏在凳子上,膝盖抵着胸口,手上还拿着一把蒲扇。这哪里是什么教授、领导,分明是我家旁边烧开水炉子的老大爷嘛。他那个蒲扇长年不离手,即使冬天,他还拿着它拍拍这拍拍那。扇子的边早已散开,连成一体的蒲叶也早就裂开了嘴。开水炉前老人也摆了一副象棋,常与打开水的闲人对弈几局,酣战时输几瓶开水钱也在所不惜。

此时我已经不知道与自己对弈的老大爷究竟是谁了。只记起我小时候刚学会下棋时,摊开棋盘,摆上棋子,一人两角色,到棋盘两头保将护帅。与自己下棋最大的好处就是吃子不后悔,失败不沮丧。可随着年岁增长,已习惯了在人群中打打拼拼,盯紧对手,战胜对手,很难退下身来,静下心来对视自身,以致常常不认识自己。

老人是谁,已无关紧要。凭相貌来揣测人,也有失偏颇。不管他曾在商海打拼,也不管他在宦海沉浮;不管原先风光无限,也不管曾经落魄无奈,但现在的老人知道那一切只不过是洗澡前的衣着而已。如今老人恬静怡然,回归本真,远离了名利场的诱惑,远离了世俗间的争斗,与自己对弈,其乐无穷,与心灵对弈,其乐融融。

广场华灯初上,独弈雕塑静伫,品鉴城市休闲文化,让我心灵得到了一次洗涤。

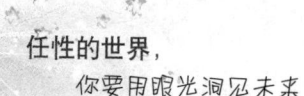

任性的世界，
你要用眼光洞见未来

曹参为官不折腾

俗话说：一山不容二虎，一窝难养两狐。萧何与曹参都是西汉的开国功臣，这两个顶尖智商的人，既是战友，又是对手，更是另类的知音。他俩都是沛县人，曹参在县里分管司法工作，萧何分管人事工作，他们在各自岗位上甚是敬业，官声不错。刘邦斩白蛇起事后，两人一起跟在鞍前马后，立了不少功勋，都进入了领导层。曹参做了将军，萧何做了相国。

自古以来都是贫寒相处如兄弟，一旦富贵相猜忌。随着两人的地位不断攀升，昔日的同僚兄弟，虽没变成今天的冤家，但也是面和心不和。

刘邦做汉王时，萧何为丞相，很有话语权，他的话，刘邦是言听计从，大臣们是俯首帖耳。曹参心里有点别扭。有几次曹参提的建议，大臣们举手表决通过了，都被萧何推翻了。曹参认为萧何一根筋，哪怕对他的意见先说个好字以后，再说"但是"也行。可萧何死抱原则，常搞得曹参下不了台。

曹参背地里不知骂了多少回"这个老匹夫"。骂归骂，可曹参心里像明镜一样，知道萧何在深谋远虑上确实高己一筹。但曹参心里的结还是解不开。作为开国元勋，曹参身负七十多处刀伤，攻城略地，战功卓著。可刘邦称帝后，论功行赏，将有战功的曹参排在管后勤的萧何之下。

曹参心里的期许落空，嘴上不说，心中自有不服。好在刘邦用人有一套，

辑二
莫畏浮云遮望眼，激活人生别有天

他知道人才是需要互补的，将这两个能人放在一起就会出现内耗，也给自个儿添麻烦。于是让萧何当汉国相，让曹参到诸侯国齐国去当丞相。各占一方天地，各做一方人杰。曹参也心安理得地尽职谋事，把齐国治理得国泰民安。

曹参不服气，萧何自然知道。但萧何更知道曹参是对手不是敌人，有这么一个对手与自己较量，说真话，也是自己的福气。就如一名剑客，没有对手，是孤独寂寞的。萧何这个顶尖剑客，他需要曹参这个对手不停地磨砺自己的剑锋。何况萧何处于权力中心，他有能耐将二人的关系维持在一个底线之上，不至于让曹参走向对立面。

萧何奄奄一息之时，惠帝拉着他的手问："您老走后，谁能为国相？"萧何在他生命的最后一刻将昔日对手推到了更广阔的前台。曹参听到萧何病逝的消息后，吩咐手下人收拾东西，说要出任国相了。你看，这两个另类的知音真是心有灵犀。

话说曹参为相后，国家的事无所变更，一切遵照萧何的规章制度办，自己日日饮酒，夜夜笙歌。把那些认为要革新的官员急死了，他们纷纷上门，本想婉言规劝，还未开口，就被曹参灌醉送回家了。

一般说新官上任三把火。动人事，改规章，兴土木。都有"前任说了不算，现在以我为准"的做派，把前任的人马换掉，将前任的规划废掉，将建成不久的楼拆掉，大刀阔斧地改革，外树了形象，内鼓了腰包，至于债台高筑，重复建设，不能持续发展是后来者的事了。曹参上任一切如旧，没有动作。

曹参这样，皇帝也想不通啊，按说你曹参被萧何压得抬不起头，有机会当权，不把萧何的东西否定掉，也要做些修修补补，好彰显自己的能耐吧。他叫曹参的儿子去悄悄地问他爹。可曹参却以儿子干涉国事为由，打了他二百大板。

第二天上班的时候，惠帝责备曹参。曹参不得不道出了事情的原委。曹参提了两个问题，一是问皇帝比圣明英武的高帝谁强，惠帝说："我怎么敢跟先帝相比呢！"曹参第二个问题是，自己和萧何比谁更贤能？惠帝

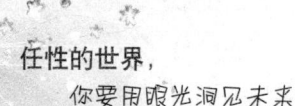

说："您好像不如萧何。"曹参说："皇帝说得很对。高帝与萧何平定了天下，法令明确，效果良好。如今陛下垂衣拱手，我等谨守职责，遵循原有法度，不扰民，不折腾，让民休养生息，清静无为治国就是治国的最高境界。"惠帝听后若有所思，连连点头。

这就是历史上有名的"萧规曹随"的典故。曹参为官不折腾，清静无为重民生，不刻意去废旧立新，而是很睿智地守护着萧何立的丰碑，结果成就了自己的丰碑，这在历史上确实少有。

辑二
莫畏浮云遮望眼，激活人生别有天

有种成功，叫一百年的距离

美籍华裔骆家辉在任华盛顿州州长时说，在一百年前，他的祖父从广东台山移居美国，在距华盛顿州长官邸不到2000米处的白人家庭做佣人。一百年后的1997年，自己跨进这座官邸，成为美国历史上第一位华裔州长。骆家辉无不感慨地说：这2000米的路，他们家走了一百年。

这到底是一条什么样的路，需要用一百年的时间呢？

显然这不是空间上的有形距离，而是他家庭的奋斗之路。在这条路上即使你有飞人的速度，但你实际位移距离还不如蜗行。

这段路程的起点是祖父为佣人，中途是父亲的从军和杂货店里的小老板，终点是儿子成了华盛顿州长官邸的主人。

从最底层，到执掌权柄，这条路是祖孙三代接力而跑，最后将成功的一棒交到骆家辉的手中。

是啊！一代人的成功，需要三代人的努力。

我曾对"十年树木，百年树人"产生过疑惑，以为是不是那些古人口口相传的谬误，以至于以讹传讹。但今天细细想来是自己的何等无知浅薄，真正的一代人的成长，是需要三代人的努力做铺垫的。

可以想象，骆家辉的成功，是骆家几代人在艰难的环境里，为了生存，将懒惰、狭隘、自私抛却一边，将诚实、勤劳、坚强与责任植根在灵魂深处，

任性的世界，
你要用眼光洞见未来

就像资本市场中的良币驱逐劣币一样。一代代良性积淀，一代代优秀相传。

人生路从来都不是笔直的，它有崎岖和荆棘、沼泽和沙地。但只要我们坚守梦中的理想，就会走出人生的困境。骆家辉说："我们的价值观——教育、辛勤工作、责任感和家庭，每一天都指引着我前进。"

从空间上看一百年可能走的距离能绕地球若干匝，可无形的距离你不是靠速度来完成的。就像梦中的奔跑，任凭你再努力，目标好像总是遥遥无期。但你不能放弃追求，要坚信"心犹在，梦就在"。

诚然，当今人类，由于各种原因，敌对情绪填然在胸，争斗硝烟从未散尽，近在咫尺，却远在天边。但只要有智慧和耐心，总有一天会走在一起。就像大陆与台湾，从相对敌视到坚冰相融，这窄窄的海峡，不也让我们走了几十年。

一切的距离都是心的距离。大到国与国的战争、利益集团的争斗、种族的歧视；小到人与人之间的猜忌、夫妻的反目，说白了就是人心的隔阂。

人与人的距离在空间上是可以无限接近的，但心与心的距离往往要一生才走近，有的人甚而毕其一生也不能到达彼此的心岸，否则就不会有喋喋不休的纷争，不会有同床异梦的烦恼了。

走两千米需要一百年，因为世上的有些路很难走，需要时间；一百年只走两千米，因为走有的路不是靠速度，要的是智慧、坚韧和责任。

辑二

莫畏浮云遮望眼，激活人生别有天

你不成全，我心放下

朋友上班时，天天经过一小巷。小巷的路不太好，每家每户就将自己门口铺上水泥。可其中有一家只铺了一大半，与前面屋基护坡自然形成了一洼沟。不知这户人家出于什么考虑，在路的横头码上了石头，行人只好走在那一尺来宽的洼沟里了。晴天尚好，雨天行走犹如小河行舟。

朋友曾规劝这户人家女主人：门前路有人走，好运会临头。可这女主人不吃这一套，回应了一句：走坏了你修啊？朋友无奈，悄悄向城管反映。城管来后，这家让出了一半。可城管一走，她又码上了石头。朋友日复一日地走在那段洼路上，心中多有不快。问我有什么妙法，我说，你已经做了你该做的，既然她不成人之美，你又何必纠缠于心呢？

朋友豁然开朗，改变不了环境，就再造自己心境。"你不成全，我心放下"。

不错，生活的常态是，若能成全，满心欢喜；若不成全，心有挂念。就如一诗人写给心爱的人："不见伊人，我心郁闷；既见伊人，我心安宁。"当所求一切，美好而圆满地呈现在你眼前时，谁都会心安意得。但自己的欲望被"冰封"时，若还能做到安之若素、我心放下，那才叫高境界。

这让人想起晋人王子猷。在一雪夜里，他诗意大发，情趣盎然，顿生访友欲望，竟连夜乘舟探访远居剡县的朋友戴安道。大雪纷扬，小舟轻飞，

任性的世界，你要用眼光洞见未来

一夜行程，将至戴家。可子猷一颗热心，好像慢慢冷却以致被"冰封"，竟调转船头而回。别人诧异。子猷却认为："意趣不成全，我心就放下，不必紧抱初心，招致不悦。"

人的一切无非是心境的驱使，像王子猷那样兴致高昂则行，意兴阑珊则止，一切随心而动，这样的"放下"，不过是晋代名士的真性情。但当你有能力而不被重用、有才干而没有机会时，一切不成全你，你却能放下心来，这才是大格局。

晚清东至人周馥，在李鸿章的帐下任幕僚三十余年，为李办洋务、建北洋立下汗马功劳。之前李鸿章因周馥办事能力强，多次向朝廷推荐重用，朝廷都因周馥秀才出身没有功名而未果。当江苏的沈葆桢向他伸出橄榄枝时，周拒绝前往，依然在李府任幕僚。周馥当然想独当一面，展示自我的，但周馥认为"违义而荣"，心定不安。既然机遇未到，"环境"不能成全，将心放下，不起风浪，不皱微澜。他蛰伏三十年后，终于等到了机遇，官至两江总督，成了晚清重臣。

人生的风景，说到底是心灵的风景。心若急了，神驰，意乱，景衰，一辈子都行不远，更无韵致可言。

导演李安电影学院毕业后，到处寻不到工作，只好放下一颗躁动不安的心，平静地做了六年家庭"煮夫"，直到机会成熟，才收获一路辉煌。

生活的本真是"不如意者常八九"，你可能遇到意想不到的窘境，如生活困顿、恋爱不顺、工作遇挫等事情，但外在环境和机会不成全你，你心若牵挂，那只会伤了元气而徒劳无益。此时，你最好的选择是放下心来，在忍让中学会平静，在蓄势中懂得待时。

"你不成全，我心放下"，就是在阴雨天，你还拥有满心阳光。

辑二
莫畏浮云遮望眼,激活人生别有天

肚量是气撑大的

她是一个才女。我认识她时,她已出了几本集子。在佩服之余,我也了解她有着小女子的心胸:若文章没发表,她急躁不安;若别人文章获奖而她没有,她会质问原因;有些活动将她边缘化了,她也很不舒服……

可近年来,她好像突然开悟,面对"气"事,不言不语。问其原因。她说,受气,已将她的肚量撑大了。现在的她在八小时之外,与好友喝喝茶,与舞伴跳跳操;兴致高时写几篇文字,情趣来时炒几碟佳肴。她说,那些惹人气恼的事,在自己的肚子角落里,不占什么容量,自己的小日子才能过得活色生香。

朋友一番话,让我很受启发。人,不可能不受气,但只要你肚量大,这股"气"就左右不了你的生活状态。而肚量大,是每一次受气不发作,慢慢扩充的结果。

这让人不免想起了阿里巴巴董事会主席马云。

阿里巴巴运行九年后,马云拟升级商家管理体系,发布新规,却遭到淘宝商城小卖家群起而攻之。本想"做中国不一样的企业,去全心帮助小企业"的马云,很是受气,辩称自己"九年来从未要求过淘宝一分钱的利润"。他在微博中写道:"看着家人的眼泪,听见同事们疲惫委屈的声音,心碎了,真累了,真想放弃。"但最后,马云还是调整自我,选择了妥协让步。据

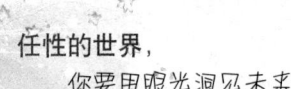

任性的世界，
你要用眼光洞见未来

说马云在记者招待会上，手心中写了五个"忍"字。

"忍"是心头上的一把刀，积聚在心中的气能隐忍不发，不是谁都能做的事。但只有一次又一次地忍气吞声，肚子里的气才会密度增大，形成内压。久而久之，肚量自然就撑大了。

马云的肚量大了。当他推出"余额宝"时，面对种种非议，马云显得神定气闲得多。他告诉自己员工："人生在世，注定要受许多委屈。面对各种委屈，你要学会一笑置之，你要学会超然待之，要学会转化势能。"他常挂在口头的一句话是："男人的成功是委屈成就的。如果你没有成功，那就是受的委屈还不够。"

是啊，委屈与成功是相伴相生的。就如T台上的模特，你站在高处，除了接受赞美外，你还得接受非议与指责。尽管可能是无端的，甚而是无理的，但你想走向成功，这份气你就必须得受。因为只有肚量大了，事业才有成功的可能。何况"男人的肚量是气撑大的"。

马云事业如日中天，他的肚量也被"气"撑得大得非同一般了。就在阿里巴巴处于上市缄默期，也是是非期，阿里从宣布IPO到现在，谣言与非议如明枪暗箭不计其数，就连在海外的马云也不能幸免。可他内心早已强大得百毒不侵了，他面对委屈能立马淡然一笑，所受之气能瞬间化为动能，一切"气"，在他的胸中无非是淡云轻风。他告诉员工："……这是风浪，但更是阿里人千载难逢的学习机会，是一种福报、一种修炼。"他要求员工针对指责要"平心静气，有则改之，无则加勉，要学会适应别人的不适应"。此时马云的肚量修成了一个小宇宙，已是吞吐日月、气象万千了。

人的肚量如电脑中的硬盘，内存小了，就装不进福气，即使装载进去了，也难以运行。福气需要大肚量，才能有空间发酵，孕育，成长，最后将人生推向辉煌。

而存储福气的肚量是由气撑大的。所以说人生受点委屈、受点气，在所难免，也是必要的。

辑二
莫畏浮云遮望眼，激活人生别有天

因为错过，所以懂得

功夫皇帝李连杰在《出彩中国人》节目中，谈到20世纪80年代主演的《少林寺》，有些后悔。他说当时《少林寺》风靡全国，掀起了学武术的风潮，但也有许多青少年盲目模仿影片里的武打情节，上街滋事斗殴。李连杰相当自责，认为自己拍了许多电影，"错过"了对武术内在精神的推广。他认为真正的武术博大精深，其本身丰富厚重的文化内涵在于其对和平、和谐的倡导与关注。武力是济世救人的一种境界，而拥有武力的"仁慈和善良"，才是武术的最高境界。

所以他现在只要有场合，就积极推广宣传武术精神。

因为他错过，所以他懂得自责与弥补。

当然李连杰的自责，是内省后的懂得。这样的懂得，弥足珍贵，是一种人格的完善、精神境界的升华。这种错过只是无心之失。还有一种"错过"，是自己亲手导演的悲剧上演时，自己成了悲剧的主人公。这时才懂得"一失足成千古恨"，才懂得"销魂一夜，噩梦不歇"。

这样的故事在市井俯拾即是，某男与某女在酒会、麻将桌上、办公室里，擦出了火花，点燃了"低价、低俗且肮脏易燃的情感碎布片"，以为能控制火势，独得两处逍遥，可最后像肩挑货物，一头烂了，一头散了。

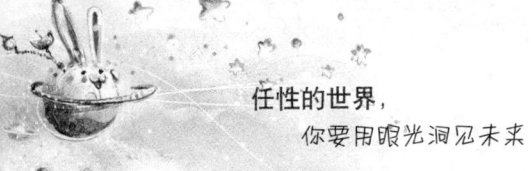

任性的世界，
你要用眼光洞见未来

　　为免得对号之嫌，我还是以热播剧《咱们结婚吧》上的人物为例。公司白领段西风在一个生日酒会上认识了女孩秋佳佳，在酒精的催发下，一夜销魂。哪知秋佳佳竟怀了身孕，段西风一筹莫展。还好，女孩貌似有点通情达理，让段西风给点钱去堕胎。段西风以为一了百了了，哪知这只是他噩梦的开始。其实秋佳佳觊觎的是段西风的成功，精心谋划上位当小三。她谎称若流产就永远不能生育，博得了段西风的同情，后来一步一步，步步紧逼，将段西风慢慢地套牢。此时段西风焦头烂额，一边是深爱他、他也爱了十三年的妻子，一边是自己纵情一夜、心怀内疚的情人。他像掉进深渊里的丧家犬，游到东头无落脚之所，游到西边无上岸之处。

　　庆幸的是出了一些意外，段西风没有让销魂一夜成"致命诱惑"。

　　当小三离他而去、妻子与他分道扬镳时，他知道自己罪孽深重，用百般的努力和真情，在妻子为之合上的心门上撬开了一道缝。

　　因为他错过，所以他格外懂得真诚与珍惜。

　　朋友事业正蒸蒸日上的时候，他的母亲突然离世。他原以为母亲生点病而已，一般情况下挂几天吊水就没事，他像往常一样在电话里安慰几句，哪知竟成了死别。朋友远离家乡，在外有一番事业，他原想赚得盆满钵满时就回来孝敬双亲，可欲望驱使无法歇脚，赚了十万想百万，赚了百万想千万，回头日漫漫无期。这次母亲的变故，让他毅然返乡创业。因为他尝过"子欲孝，亲不待""子感恩，母不在"的痛苦。

　　往者不可谏，来者犹可追。他要在父亲的有生之年，好好地服侍父亲。现在他父亲只要有一点头疼脑热，他就趋庭嘘寒、躬身陪侍。

　　因为他错过，所以他懂得感恩与孝敬。

　　是啊，人生都在跌跌撞撞中前行，谁不受点诱惑、犯点错呢？只不过有的人对所犯的错误，习以为常，不去痛定思痛，结果在错误的路上渐行渐远，而愧恨终身；有的人因为错过，所以很懂得文过饰非、掩耳盗铃，结果跌入深渊，万劫不复；有的人因为自己错过，所以懂得自责，懂得反

思矫正，结果总行在正确光明的大道上，且越走越远、越走越好。

其实人不可能不犯错，知错即改，善莫大焉。

任性的世界，
　你要用眼光洞见未来

走出一种情绪，给心灵转场

在一个草场放牧后，牧人总要换个草场，这叫转场。不同的草场，不同的泉源，就会让马牛羊长得膘肥体壮。

人生也是一样，要适当调整自己的生存环境，善于调整自己的生活心境。正值花样年华的中学生尤其应做到。

中学时代的环境不由人掌控，但心境说到底还是自己营造的。甘于落后、马放南山、自卑懒惰不可取。偏执一隅、焦虑成灾、自虐钻尖也是不可为。

过于淡定是逃避。若面对累累红叉，你心如止水，高枕无忧，恭喜你，你已经提前修到了高僧大德的境界，直接进庙宇得了。适度的焦虑是进步的动力。焦虑是那面包的微黄，焦虑是天空的淡云。有了微黄，才有一声脆响。有了淡云，才显辽阔边疆。美好的生活不是没有一丝忧虑的生活，若什么都无忧，人生没有半点味道。没有焦虑，你就不知道幸福生活的美妙。太淡定是过早地放弃，人生还未拼搏就丢枪弃械，这人有多大出息？

过于焦虑是无知。杞人忧天的故事就是说这个人怕天塌下，整天忧心忡忡的，最后的下场，不进精神病院，也要爬上高楼往下跳。你怕什么，天塌下来有那么多人顶着，高个子多着呢，起码由姚明先顶着。还有西方那些身长个大的，他们顶不住了才落到你头上。

太焦虑就不懂珍惜。上大学是一条光明正大的路，但人生光明大道又不止一条。将身体拼垮了，将心理拼崩溃了，你一切就画上了句号。就像1后面的0，没有身体这个1，后面再多的0也没有用。所以要做到努力学习不拼命、灵活学习不拘谨。

总之要做到守中和正、情志平衡。过犹不及，那是错误。

其实人的情志有"喜、怒、哀、惧、爱、恶、欲"，它们平时都潜行机体中，只在人生的不同阶段或不同时刻，让你去切实体验其中一个内容。但无论哪种情感体验，过了头，都是对人的处罚。学习过程中要有适度的"乐"，也要有适度的"忧"、适度的紧张、适度的放松。若只求其一，就像一个人期冀一生一世活在快乐无忧中一样，是天真幻想。一生无忧，其忧无穷。

一时躺在椅子上舒服，是因为劳作后的歇乏；若一生躺在椅子上，是上帝的惩罚。人不能以一个姿态活在世上。所以我们要适应情绪的转场，不能停留在一种情绪中，尤其不能长期滞留在负面情绪中。

走出一种情绪，做个心灵转场吧！

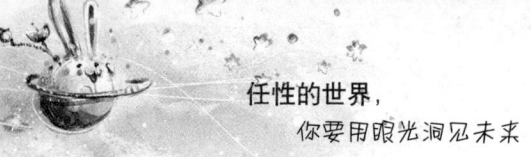

任性的世界，
你要用眼光洞见未来

习惯如瘾

习惯一旦被打破，生活就变得一地鸡毛。

年前例行检修线路停了电，竟让人像热锅上的蚂蚁，急躁不安地团团转，一下到书房，一下到客厅，坐也坐不下，站也站不住。

事先也不知道停电的事，昨晚把水瓶里的最后一滴水沥进了杯子，就倒头睡觉，今早起床拎起电水壶，打满水发现指示灯不亮，才知电停了。按往常惯例，个把小时就会恢复的。电子报时钟虽在静默地等待着，我还是将电灯开关打开，电一旦到了，无论是视觉和听觉都会最快地接到信息。水是不能不喝的，那只好用气灶烧点水以解口渴之急。等待是无聊的，还是看看电视吧，随手按起电视开关，啪的一声，才知习惯是如此的荒唐可笑。医学上诊断，三餐离不开酒的人，为酒依赖。现代生活已离不开电了，恐怕也是一种人类的依赖症。

细一想，大凡人的生存都在依赖中，依赖空气依赖水，依赖粮食依赖衣服，到现在依赖电、依赖房、依赖车，依赖着锦衣玉食和灯红酒绿……好像生活的真谛是依赖越多，幸福就越多。世间万物不能没有依赖，只不过有些依赖不可缺少，有些是现代生活习惯使然，一旦过多的习惯转变成依赖，人类就失去自我，也就脆弱得多。

一团白雾弥漫到客厅，这才知道水开了。沏一杯茶坐到电脑前，看着

平时五彩缤纷的屏幕，板着一张黑脸，轰鸣的机箱也默然无声。想起先人没电的日子。

先人们日出而作，日落而息。皇皇白日，他们胼手胝足地劳作，累了憩于树荫下，渴了掬起山泉水。漫漫长夜，他们只能是在夜色下谈天说地，剩下的就是宽衣而眠了。到后来有了火，就有了围炉而坐，秉烛而学。这让我想起了清朝王永彬的《围炉夜话》来。没有电，作者不会有现代视听之乐，不会泡在酒吧舞池中，也不会半夜起床偷网上虚拟的几棵菜。他只能在夜晚的炉边，烘烤着他的思维，锤炼着他的语句。"风俗日趋于奢淫，靡听底止，安得有敦厚古朴之君子，力挽江河；人心日丧其廉耻，渐至消亡，安得有讲名节之大人，光争日月。"他针对清朝日渐奢侈浮华的社会风气，警醒着人们。即使在五光十色的今天，这样的夜话，也如寒冬里的炉火，给人温暖，给人慰藉。

当然先人们已习惯了在寂寞与静谧中生活。

杯中的茶续了一次又一次，灯还没亮，电子钟也没睁开瞌睡的眼。我移坐到沙发上，翻阅起杂志来。东翻西翻，躁动不安。这人怎么啦，平时有电时，坐在沙发上，一杯香茗，一本书，也还能安静一时，可今天就是不踏实。这电难道与生活形成了一道不可或缺的气场。想想平时坐在沙发上看书时，前方的电视播着它的节目，眼前的电子钟闪着它温暖的红色，看一会儿书，又不时抬头望钟，不时侧耳听声。电停了，这一切没了，心里难道就缺了一块。要死的习惯就这样顽固。就像原先在电脑键盘上敲不出文章，现在在纸上写文章时，脑中又一片空白。电视开着时，呼呼地睡得特香。电视一关，条件反射地醒了过来。

有电的生活成了习惯，习惯的改变又让我们生活极其不适，就像瘾君子寻不到吸品时的难耐。

当年在如豆的油灯下看书，习惯了有灯花的火焰，铁红的圆点，分明就是花蕊。习惯了它的晃动，它让书中的文字有了生命的脉动。今天毫无怜惜地享受着如昼灯光，人又坐不下来。即便坐下来了，也是人欲睡，书

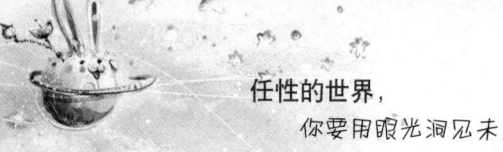

任性的世界，
　　你要用眼光洞见未来

独醒。这又成了一种习惯。

我们习惯现代生活，习惯一些享受无可厚非，但人若习惯了懒散，习惯了浮躁，习惯了无度挥霍，习惯了声色犬马，习惯了世道人心之险，习惯了道德日益沦丧，那这可怕的习惯形成一股力量，终究将人类推向险地绝境。

当换第二遍茶叶的时候，电子钟报了时。我速将电水壶、电饭煲一一启用后，打开电视坐在沙发前。习惯的生活又像陀螺一样颤悠悠地旋转起来。

辑二
莫畏浮云遮望眼，激活人生别有天

非心所愿即是悲

"悲"从字面上可以理解为"非"加"心"。字典上解释，"非"表示违背，与"心"合起来，意思是违背心愿的现象。

悲，若用颜色形容，有浓淡；若用声音形容，有高低。

当秋天的第一片落叶，飘然而下时，你心中有一丝惆怅，有了一缕淡淡的忧愁，那是悲秋的伊始。若到了"洞庭波兮木叶下"，加上羁旅之愁或黍离之悲，那你的悲愁就浓得化不开了。

世事艰难，心之难安，总会遇到不遂心愿的事，悲从心生，爱一场，梦一场，谁能躲得过？

其实悲与愁就是一对孪生兄弟，淡悲是愁，深愁即悲。

想当年赵明诚外出为官，易安独守深闺，思夫之愁，"才下眉头，又上心头"，谓之闲愁，也就是人生吃饱喝足后，还有一点心愿未了，就有了一点儿忧伤。

这样的忧伤，还带有一点娇声、期盼与美丽。这样的愁绪只不过是山涧溪水，在潺潺流动中，被惊慌的野兔蹚入，发出了泠泠之声。

这样的悲伤，是西施的颦眉，是黛玉的眼泪。

真正违背易安心愿的"悲"，是晚年的南渡，是丈夫的死亡和婚姻的不幸。这样的悲才痛入骨髓，伤人精神。她无奈吟出"三杯两盏淡酒，怎

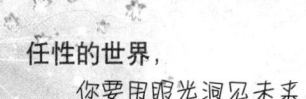

任性的世界，
你要用眼光洞见未来

敌他晚来风急"的悲怆之词。

这让人想起鲁迅对"悲剧"的定义来：将有价值的东西毁给人看。也就是说美丽的梦被弄碎了，这怎么能不伤悲。心想青春永驻，可发丝如雪，就有了"高堂明镜悲白发"；想"挟飞仙以遨游，抱明月而长终"，知道得不了，就只好"托遗响于悲风"……

其实，每个人心中都藏有几幕悲喜剧。而悲剧对人的成长有着不可替代的作用。

学业非心所愿，你有"悲"意，你慢慢明白了发愤；人际非心所愿，你悲从中来，你慢慢学会了调整；家境非心所愿，你心有悲哀，你慢慢懂得了责任……因为悲剧"借引起怜悯与恐惧来使这种情感得以净化"。

将悲剧转为喜剧，无非就是一个心灵的选择。谁人"喜"的背面不是"悲"的衬托？

但一个人不能总置自己在"悲"的泥淖里，不能自拔。

人的欲望是无尽的，你的心愿，必须与你的负载相适宜。若将心愿放大到自己难以承担，那就如西西弗斯，永远重复地推着巨石上山。没有尽头，没有止歇。这样的人生悲剧是没有任何风景的，只有巨石与陡山。

昨怨袄不暖，今嫌蟒袍长。若将自己绑在欲望的战车上，左征右伐，苦苦鏖战，不愿放下，那是自己的选择，只要不触犯法律，哪怕行至道德边缘，也无须置喙。

若为了满足自己的心愿，践踏法制，侵犯人权，做肮脏之交易，行苟且之鸟事，虽一时遂了心愿，如阴天行走，不见"悲"影，但一旦走到阳光下，就酿成了不可逆转的人生大"悲"。

这个"悲"，似一声春雷，振聋发聩。这个"悲"，已无人怜悯，唯你追悔。

"非心所愿即是悲。"但完全丧失了本心，那才是真正的人生之悲。

辑三

幸福游移不定，它如心底里的一只狐

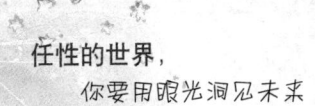

任性的世界，
你要用眼光洞见未来

幸福是心底里的一只狐

　　谁都想追求幸福的生活，但到底什么样才是幸福，真是见仁见智。

　　长途跋涉的人，看到了前方炊烟，他感到了幸福；穿越沙漠的人，看到绿洲，他感到了幸福；登山的人到达了顶峰，他感到了幸福；饥渴的人掬捧清泉，他感到了幸福。幸福是深山老区的一条路；幸福是贫困孩子的一件衣；幸福是孤寡老人的一袋米；幸福是山区儿童的一本书……

　　其实幸福就是缝纫店里的衣服，不同的人有不同的尺码。小的时候，一件新短袄套在身上，你不知有多幸福。可随着个头的增高，短袄的幸福已成了明日黄花，只有新的夹克才让你幸福。可刚来的幸福又随夹克一道变旧，只有西装才让你感到幸福。幸福就是人们心底一只狡猾的狐狸，撵得你到处跑。于是你不得不将小房换成复式楼，将复式楼换成别墅。旧车换新车，新车换名车……可每次到手后，幸福又不知不觉地从你的指缝里、腋窝下溜走，以致找不到半点踪影。

　　当疲惫的身躯丢在沙发中，一杯香茗，一曲乐音，你微闭双眸，惬意油然而生。可腰坐酸了，茶泡冷了，曲听烦了，你又回到了你先前的不幸福之中。

　　幸福是欲望的暂时满足。幸福的多少取决于人心的欲壑深浅。浅浅的心窝，一杯清水漫过了，你幸福顿生。万丈深渊，即使滔滔江水也不见其

踪，这哪有幸福可言呢？电视剧《老大的幸福》片尾曲唱得好："啊幸福，得到的不苛求，失去的不在乎。"

有人说幸福是病痛后的解除；是贫困后的富裕；是劳作后的歇乏；是繁忙后的闲适。没有缺憾就没有幸福。缺憾和幸福是相生相依的。难怪有人说平平淡淡才是真正的幸福。因为没有了大起大落的折磨，就像摩天轮，一下子让你经历高峰，一下子又让你跌入低谷。可平平淡淡又怎能感受到幸福？就如仓央嘉措《问佛》中的佛说：没有遗憾，给你再多的幸福也不会体会快乐。

幸福从来不是独行客，它总是躲在痛苦、勤奋、不安的后面。许多时候你可以等到，也可以找寻。当你真的难以觅到其芳踪时，它肯定匿藏在你心头一隅。你静心想、慢慢悟。若还是没有找到，那试着到医院、到孤儿院、到街角处、在陵园边。你身体健康你是幸福的；你有亲情依靠你是幸福的；你有蜗居小屋你是幸福的；你还活着你是幸福的……

有时细想，幸福又好像是个不太道德的感觉，它常常寄生在别人的痛苦或缺失之上。别人喝粥，我吃干饭，我幸福；当我没鞋穿，看到别人没有脚，我幸福。幸福真是心里一只自私的狐狸。

有人说幸福就是睡觉睡到自然醒，数钱数得手抽筋。可我在长假中每天睡得太阳照屁股，反而起床后空空落落，无名惆怅，竟想念上课时的忙忙碌碌、课堂上的欢声笑语。可一旦上班时，日复一日地备课、改作业，又盼望着假期。现在几千元的月工资，好像也没有比当年领几十元幸福多少。

幸福变成了飘忽不定的东西，如狐一样游荡在你欲壑之中。

任性的世界,
你要用眼光洞见未来

心情是生活的佐料

  多一句话都成了儿子不耐烦的诱因。妻絮絮叨叨地说些弦外之音,某孩子考研了,某某同事的儿子出国深造啦……我知道妻是想将这些话漫不经心地,来个曲径通幽地输进儿子的耳朵。可儿子天生犟头犟脑,不知就坡下驴。他头都不抬地说一句:真烦!手不停地敲打着键盘,那游戏中"吭赫、吭赫"的打斗声,让人心烦意乱。

  一盘南瓜丝、一碟花生米端上了中午的饭桌。儿子问:就这些?妻子没好气地答:还要什么?儿子愣了一下,将筷子伸向他爱吃的花生米。嚼在嘴里,扑吱扑吱的,竟没有了平时的清脆声。儿子吐了出来,翻着眼说:"妈,你今天的花生米怎么炒成这样?"妻嘟上一句:"没心情。"

  "炒菜也要心情?"儿子有些狐疑。

  儿子自从大学放假回家,一直趴在电脑上打"DOTA"游戏,那种痴迷,如牛虻叮在牛背上,轻易不挪窝。下午出去打篮球,带着湿漉漉的一身回家,丢下一摊脏衣,洗完澡,又扎进了游戏中。尽管他也带回了两本书,却不见其曾碰一下。

  妻的循循诱导,儿子自然明白。可儿子说,读书将一个人的许多能力都读掉了,若只剩下读书能力还有什么用?妻说:你有什么能力也显给我们看看。他于是琢磨着要办"天远家教",并想好一句广告语:"天远,一定带你走得远！"我们静观其行，不去掺和。其实他也不希望你掺和：若不是要你每月的生活费，我估计早就闹独立了。他只身上街印好了小广告，在电线杆上贴了一些。

头一天儿子有种稳坐钓鱼台的心理，可过了两天坐不住了，不停地看手机，生怕漏掉一个家教信息，连外出打球时，手机也不忘带在身边。心情一天天沮丧，打球也不顺手，儿子说平时在球场上"叱咤风云"的，如入无人之境，可那几天球传不准、接不好、投不中。等招了几个学生时，儿子备感兴奋，他说那球打得得心应手，百发百中，有如神助。

在胡兰成写的《陌上桑》一文中记载，江浙女人在养蚕时，丈夫体谅妻子的辛苦，兄弟待姊妹也比平时客气，没有粗言暴语，亦不可说不好听的话。因为"做一桩大事情要有好心怀"。我告诉儿子，人的行为是心理的投射，无论做什么事心情很重要。好的心情如春日阳光、夏日凉风，在这样的情境中做事，人多了一份淡定与清雅，也多了一份愉悦和智慧；反之，心有挂碍，脸有阴霾，做事就丢三落四的。糟糕的心情，肯定将事情办得糟糕。

妈妈炒菜也一样，不要以为烧菜放点油盐葱蒜，掌握好火候就可以了，心情也是一个非常重要的佐料。

儿子若有所思。

趁儿子高兴，我建议他用二十来天的余假，将厨房作为实践基地，以好的心情佐料。

任性的世界，
你要用眼光洞见未来

莫让怅惘腌制了你的心

"此情可待成追忆，只是当时已惘然"，是李商隐在《锦瑟》中的名句。

面对恋人生离、爱妻死别、盛年已逝、抱负难展，李商隐深深陷入了人生的迷惘之中，他诗中的这两句，是对人生价值的重新追问，于是心有惘然，情有若失。

是啊，人生有时就如漂在汪洋中的一片叶子，随波逐流，有时被浪潮推至峰尖，有时被浪潮抛入谷底。不如意者常八九，能与人言只二三。人生有顺有逆，有喜有悲，有通达有怅惘，正如一枚硬币的正反两面。

但真的强者，处在巅峰不张狂，处在低谷不气馁。在怅惘中不失一片情怀，在苦闷里能独寻一片天空。

朋友不到三十岁，已是一所中学的校长，他虽干得风生水起，但由于日久生厌，竟有了回归课堂之心，于是招考到了一省重点中学教书。多年修的"正果"，就这样一考而失。家人责怪，社会不解，没有让他心里有半点惘然，可将平淡的教书过成了烦琐，烦琐的考试过成了累赘，他心陷重围，心有怅惘。当然这种状态一般有两种选择，一是沉沦；二是突围。他选择了第二种，他要在职业的灰穹里，寻找一份蔚蓝天空。于是在教学中找乐趣，在课堂上找灵感，并付诸笔端，不几年，他竟成了一位小有名气的教师和作家。

朋友在惆怅里寻求了人生的突破，虽无破茧化蝶似的精彩，但也让人生多了一道亮丽色彩。

《正字通》中说"惘"是"怅然失其貌"。外相由心生。心被事所缠，不能摆脱，就是"惘"。这样一想，心被事惘，痛苦不堪者当数屈原了。当楚怀王被奸佞所围，当自己被小人所妒，当美政不能施行，屈原在政坛的边缘踽踽独行，于是《离骚》成了他理想的绝唱，汨罗江成了他唯美的天堂。他的怅惘之情，为文坛留下了与恶势力不妥协的浪漫檄文，为后世树立了以死爱国的伟大精神。

有人说屈原没有走出心的迷惘，这样的误读，是不懂屈原在当时恶劣的环境下，以"众人皆浊我独清"的情怀，用极端方法，引渡众人走出深重的迷惘。就如地藏菩萨发的宏愿，"地狱不空，誓不成佛，众生度尽，方正菩提"。屈原的一跃，成了中国历史上追求理想的最美弧线。

其实人生中是需要一点惘然的，惘然是助跑时的躬身，是出拳时的屈肘，是跃起时的下蹲。王勃若不是被驱离京师，就没有与滕王阁同在的千古美文；苏轼若没有贬谪黄州，就没有与赤壁同在的"大江东去浪淘尽"；苏秦没有"妻不下纴，嫂不为炊"的羞辱，就没有后来的"发愤"……

惘然，表面看是负面情绪，但没有负面，哪来正面？生活中遇到不如意，就如生活中遇到的沙尘雾霾，我们无法抗拒，但我们要有一定的防护措施，戴上口罩，不能盘桓在阴霾之中。当我们的情绪处于怅惘之中，我们不能长久地被它腌制变坏，要善于把怅惘当成人生崛起的催化剂。

惘然若失，失掉的应是糟糕情绪；惘然莫失，莫失的是坚强意志。

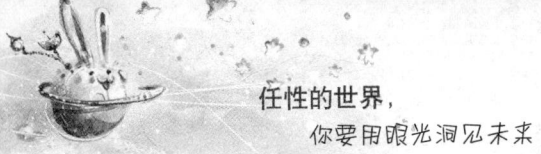

任性的世界，
你要用眼光洞见未来

给心田植一方绿，让春驻守

春是有标志物的。

春风吹拂大地，春雨滋润禾苗，春雷催醒万物，在春天里所演绎的一切，最后都归结到绿。好像春天的作为仅在于此。

风、雨、雷，不仅仅是属于春的。可绿完全是春天舞台上的主角，风、雨、雷不过是它出场前的灯光锣鼓。当它们竭尽所能地表演时，春着绿妆慢慢亮相，将一方绿展现在观众面前。

春天就是一部四季之初的好戏。

可我们不能只做观众，我们更应参与到春的策划中，让春妆的绿色更纯更浓。绿是春的标志。绿是春的外衣。

在春光里栽几棵树，就是给春的外套织上几针。可这样的想法到今天竟是一件奢侈的事情。没有人组织，没有树苗，没有所栽之处。

徜徉在城市街头，常看剃光了头的大树卧在卡车中，才知道城里的春天，不过是农村移植而来的。这让我想到绿不仅要存留在空间上，也要存留在心间。

给自己的心田植一方绿，在当下还真重要。

在葛洪《神仙传》里记载，三国时期与华佗齐名的董奉给人治病不取报酬，只要求被治好的重病者栽五棵杏，轻病者栽一棵。几年下来竟然有了十余万棵,而"郁然成林",人称"董仙杏林",卖杏得谷,用以赈济贫困百姓。

看到这样的"杏林春暖",我有了一些想法。对那些僭越法规的不能一罚了之,让他去为春天做点事,去栽一片"悔过林",绿了春,净了心,岂不妙哉!

这样一来,又打开了我的另一条记忆路径。佛教中劝人尽孝的比喻还真是贴切。人要让自己走得更顺、走得更好,重要的一点要尽孝道。就像树,要想高大些、茂盛些,唯一的办法就是在根上浇水施肥。只有根深方能叶茂。人的肌肤发于父母,根就是父母。

当小家庭过着春天般的日子时,政务家事都不能成为不孝的借口。即使心已被物欲所遮蔽,在"亲不待"之时,能不能在先人的墓前栽几株"孝心林",以抒点"皋鱼之悲"。

是啊,栽一株树在世间,留一方绿在心田。

绿是能净化一切的,包括空气和心灵。

栽树容易知理难。《贞观政要》里将治国比喻为栽树:"本根不摇,则枝叶茂荣,君能清静,百姓何得不安乐乎?"可喜的是现今提出的"不折腾"就是对它做得最好的诠释。

现实总是适得其反,乱象让人忧心忡忡。

时下一窝蜂地拆迁,童年的环境没有了温暖,留下的是断壁残垣、诸户萧疏。根必须扎在故土之上,没有了附着记忆的故园,离乡的人就成了无所皈依的浮萍。就像郭橐驼栽树的道理,使树欲活,"其土欲故"。

留些念想的物什,从某种意义上说也是留住了故土文化,留住了精神,留住了根。

离家打拼的人,先栽一片"故土林"吧。有了它,有了牵挂。纵然高千丈,叶落也归根的。

春天来了,你看田间地头忙碌的人,在迎绿;看路边山前踏青的人,在寻绿;再看园圃里的种树人,在添绿。

将绿植在心间,心里永远是春天。

任性的世界，
你要用眼光洞见未来

失却本心，是害己祸人

近日与友人相聚，说起某作家是用生命去写作。听了有些怕人。用生命写作，给人感觉像那瓶中的墨水，写一篇文章就少一点，见底之时，就是生命终结之日。这样写出来的文章哪是文章，简直是一道催命符。将写作搞得如此的神圣和瘆人，写作的乐趣何在？

苏轼在《宝绘堂记》的开篇语写道："君子可以寓意于物，而不可以留意于物。"意思是人的心意可以寄托于某物上面，但不可留滞在某物上面。也就是说，山川、鸟兽、虫鱼等自然可以赏心悦目，但不可沉溺其中。即使书画、收藏所谓的高雅情趣也一样，若痴迷得不能自拔，也是"颠倒错谬，失其本心"。

写文章应有感而发，若真的没有灵感，你可以"为赋新词强说愁"，最多是"吟妥一个字，捻断数茎须"。用生命作抵押，去呕心沥血，那些人真是天生的文曲星，不过是流星，不求人生短长，只求瞬间闪亮。这是他的命数，或是他的自由，但不是我的本心所求。

正如我不希望学生以牺牲健康为代价去置换好的成绩，但提倡在健康的情况下有所作为。健康生命是"1"，名利、地位、成就都是跟在"1"后面的"0"，没有"1"的人生，再多的"0"也没意义。

"本心"一般指本愿和天性。那就是心灵没蒙上过多的尘垢，行为不被名利太多地羁绊，爱恶情仇控制在合理的范围内，活得正常，活得阳光。

任何沉溺于物不能自拔，哪怕是在某一方面有着巨大成就的，也是失去本心的病态人生。那些患自闭症的音乐天才，缺陷和天赋是与生俱来的。若他们能够选择自己的人生，我想他们宁可要正常人的生活，也不要自闭症搭配来的成就。

人一旦失去了本心，做事做人如中巫蛊，显得怪异且荒唐。

过犹不及是异常之象，恰到好处才是恒久之理。就如追求爱情，允许有点狂热，但像画家凡·高一样割耳求爱，就是情迷心窍，荒诞可悲；享受物质，无可厚非，但像一大学女生卖身换 iPhone，就是丧失本心，寡廉鲜耻。

当然生活是自己的选择，哪怕丧失本心的生活。但当追求一件事，自己沉溺其中，却将他人生活搞得一地鸡毛，忘掉自己应有的责任和道义，本末倒置，说破天也是为满足一己之私。

失去本心的人往往不知道自己的本心丢失，还美其名曰为理想奋斗，或曰为艺术献身，甚而说为人民之利益，为民族之大义……可不尽该尽的责任，家事不管，长幼不问，规劝不闻，走火入魔，这是何等的可笑。

在媒体上很是红火的"朝阳九大妈"，皆是六七十岁的人了，平时跳个广场舞、健美操也算不错，可她们偏偏要向专业跳舞的看齐，每天训练七到十二个小时，并且加大训练难度，赢得了一些喝彩，取得了一些荣誉，这本无可厚非。可她们痴迷到唯"舞"则大、余者皆小的地步。连弥留之际的老娘也不去看最后一眼……

痴迷之深，可谓中毒；临丧不趋，可谓不孝。这样失去本心的行为，貌似为观众着想，其实是泯灭了天性。一头扎进万丈深渊，还以为自己是高台跳水，九头牛也拉不回来。殊不知不爱家人，何爱他人？

做事要提得起，放得下，做到深入浅出。人生不是一锤子买卖，动不动就为什么献身，那种毕其功于一役、昙花一现的冲动，多是"长使英雄

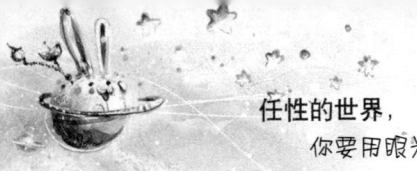

任性的世界，
　　你要用眼光洞见未来

泪满襟"的悲剧。许多为人类做出杰出贡献的大家，潜心研究而不失本心，却能够颐养天年。不除"贪""痴"二孽，就有伤身危险。

　　苏子有例为证：执迷不悟，留意书画，"钟繇至以此呕血发冢，宋孝武、王僧虔至以此相忌，桓玄之走舸，王涯之复壁，皆以儿戏害其国，凶此身"。

　　莫沉溺于事，莫失却本心，才不祸及自己与他人。

幸福如锦，五彩缤纷

虽说生活中的幸福，最终状态都是生活的满足与心绪的安宁。但幸福之锦，还是由不同颜色的丝线织就而成的。

父母已到了耄耋之龄，可活得精神矍铄，街坊邻里一见面就说这二老有福气。父亲听了乐得合不拢嘴。母亲正儿八经地回应着："如今政策好，谁不活得幸福啊。"母亲说的还真不是客套话，她不多时与这些邻居们一道到镇上照相，办理了老年津贴发放证。把笑声丢了一路，将喜色染了一身。

母亲虽76岁了，但做事仍风风火火的。以致五年前，她扶着父亲上庐山旅游时，工作人员不信她的年龄，将她的老年证看了又看。母亲很豁达，她半嗔半真地当着父亲的面对我们说：不是老头子拖累，我也学着城里人游山玩水，反正门票不花钱。

父亲大母亲整整八岁，是个离休干部。他的一生很是传奇，十八岁随哥当兵，国民党溃退时，他一觉醒来，稀里糊涂地成了解放军。我时常笑他是"被俘虏的老革命"。老爷子在母亲那么大年龄时，身体就不大好，是医院里的常客。若听说某某离休的又走了，他心里就像压了块石头，脸也阴得可怕。

母亲心直口快，就数落他："死不了的，住院不花一分钱，还有我这个老保姆。"母亲虽以一种轻松的口吻去说，可心里没有一点底。有次父

任性的世界，
你要用眼光洞见未来

亲住院时，她听算命人说，老爷子这个年过不去。这把母亲吓得不轻，碰到儿女就暗暗嘀咕。父亲不知什么时候偷听到后，更是忧心忡忡。口里虽说死也死得了，眼角却挂着泪珠。

原先我与妻子常恣恿母亲不要存什么钱，享受晚年生活，将日子过好。母亲总说，黄土都埋到颈上的人了，糊一天算一天。这种苟且心理一时半会儿真改变不了。二老本来在城里我小弟那儿住的，可自从父亲生活难以自理后，就搬回到乡下。这下可忙坏了母亲。仅老爷子大小便失禁，就让老娘忙不开。再冷也要到河里洗衣，再累也要到井里打水……母亲说，父亲那六百元的特护费，情愿不要。母亲说是那么说，可对老爷子的服侍一点也没含糊过。

我与妻子决定先给母亲买一台洗衣机，当商家将洗衣机送到乡下时，母亲不得不找人安装了自来水。母亲是特聪明的一个人，虽一个大字不识，在妻子的指导下，一会儿就掌握了洗漂、脱水的操作要领。更让妻子佩服的是，母亲的手机里存了家里家外十几个人的电话号码，她不知用什么方法辨识得清清楚楚。哪个是麻友打来的，哪个是女儿打来的，哪个是孙子打来的，从来没错过。妻子说母亲的记忆力好，上次她胃息肉住院时，新农合报销的钱，只与她说一遍，她一分一厘都记得。这我信，家里六个孩子的生辰八字她一口报清；当父亲支支吾吾回忆自己过往时，母亲一本全知地不时纠正着。

母亲说父亲是憨人享憨福，年轻时吃了苦、蒙了冤，老年却弥补过来了。新买的空调一天转十几个小时，抽水马桶安在房间里，还有她这个贴心的老保姆服侍着。父亲听后总是嘿嘿地笑着，从他那微微抖动的寿眉中，我感受到父亲的笑是从心里溢出来的。

父母在，家就在。家所在，心所安。有了家，就有了幸福的载体。可我知道我们的幸福，是建立在社会安定和谐基础之上，是建立在父母双全、一家安康之上，也是建立在"替儿尽孝"的我那任劳任怨的母亲身上。

辑三
幸福游移不定，它如心底里的一只狐

弯道超越，向阳光灿烂处冲刺

谁都想走笔直大道，但世上没有永远的笔直大道，只要你一直往前走，你就避免不了遇到坡道和弯路。

若干年前，人们将高速公路裁弯修直，可在笔直的高速公路上，车祸频起。后来人们才发现都是"直道惹的祸"。后来将直道有意调弯后，反而事故少有发生。

其实自然界的生命也是一样，它们都要经历生命的"弯道"，没有随随便便的成功。禾苗长大要经过风霜雨雪的"弯道"，揠苗助长只会使它过早枯黄；夏蝉破蛹要经过痛苦挣扎的"弯道"，剪蛹帮助只能加速它的死亡。弯道是它们成长的一部分。

人生哪个不想避开弯道，可生命的辉煌就必须经过"弯道"的磨砺，不经风雨，怎见彩虹，没有曲折，哪来成功。毛泽东在领导红军反围剿时，四渡赤水，南涉乌江，来往兜圈，尽走弯道。事后才知，不是走了这些"弓背路"，早已像石达开一样葬身大渡河了。毛泽东在弯道中寻到了生机，走出了胜利。

苏东坡，面临过人生弯道，从仕途的高峰跌落到低谷，从皇帝、太后都欣赏的才子变成贬往黄州的迁客。就在黄州这个弯道上，苏轼饮尽孤独，洗尽浮华，从而写出了流芳百世的《念奴娇·赤壁怀古》和《赤壁赋》。

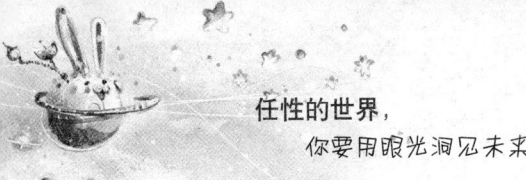

任性的世界，
　　你要用眼光洞见未来

苏子从弯道上走出了精彩。

泰戈尔说："上天完全是为了坚强你的意志，才在道路上设下重重的障碍。"面对弯道，我们不要忧虑，要审时度势，迈步前行。

当然我们也不是刻意丢了直道走弯道，就像顽皮的孩子在雨天尽找水凼走一样。我们在学习中尽可能地避免走弯路，汲取经验，助己成功；在生活中也应尽可能地避开烦琐波折，把握方向，扬帆直航。在工作中也应尽量减少内耗，构筑和谐，让生命呈现五光十色。

但我们也要从残酷的现实中明白，人生的弯道时常横亘在你的眼前：汶川地震的噩梦还未全醒，重庆山体滑坡又埋下无辜的生命，金融危机让全球经济遇冷，法航空难200多旅客丧生……但我们也应清醒地认识到，弯道与超越同在，困难与希望并存。

诚然不是所有的山都能打隧洞，不是所有的河都要架高桥，不是所有的灾难都可避免，也不是所有的弯道都能超越，但是当命运之神没有及时垂下救生的舷梯时，你要坚守希望，不要气馁，用你的"心"——诚实、睿智、潜能和坚韧去面对，或忍受不幸，无奈滑行；或抓住机遇，加速拐弯。

人生漫道多艰难，用心越过那道弯。

辑三
幸福游移不定，它如心底里的一只狐

阅读是一种修行

世上没有什么比心灵富足更重要了。

有富足心灵的人，在穷途困境中，能静观时局，不急不躁，等待机会而把握机会。就像一只在空中盘旋的苍鹰，眼睛逡巡着地面，一旦机会出现，它会俯冲而下，拥有"猎物"。

有富足心灵的人，在通达顺畅时，会藏锋钝锐，善待他人，并以天下苍生为己任。就如羽丰的乌鸦，辛勤外出觅食，但始终不忘记，鸦巢里还有待哺的老妈。

人人都想有富足的心灵。可富足的心灵不是与生俱来、上天所赐的。富足的心灵，需要后天的培养。

那么阅读吧！只有阅读，才能让你的心灵富足。

阅读是空气中的负氧离子，有了它，让你的肺清新朗润；阅读是冬天里的一缕暖阳，有了它，能驱去你周身的寒凉。

阅读是一种享受。

阅读是用心灵行走天下，通过阅读你的思维能达千古之远，你的视界能通万里之遥。你能在一篇文章中，亲近自然，领略山山水水；你能从文字缝隙里，善待生命，读懂自然大道。

阅读是用情理唤醒良知，通过阅读你幼稚的心灵逐渐成熟，你懵懂的

任性的世界，
你要用眼光洞见未来

情愫、你麻木的情感，能得到洗涤和唤醒。因为人生的征途有雾霭、有灰霾，有迷失、有昏聩。通过阅读，你会懂得孝道与珍惜，懂得敬畏与感恩，懂得了善，懂得了爱……

其实阅读是读者与作者的交流，是读者与古人的对话。捧读一本书，就如品一杯香茗，悠香而淡远；品味一篇文，如喝一觞老酒，辛辣而醇厚。当然这不是独饮而是对酌，在这对酌中，你"元神"出体，与之争辩、争荣与争斗，于是在"抗争"中，你调整了错乱心绪，恢复了疲惫之身，因为你在超脱的时空中，倾诉、交换、领悟、寄托、类比……就这样，你不知不觉在阅读中，修炼了你的澄澈之心、平静之心、充沛之心、向上之心，你因而拥有了人生功力。

因为真正的功力来自于内心。心灵富足，才是真的强大。

要想心灵富足，就阅读吧！阅读所成，进退自如。你可以"穷则独善其身，达则兼济天下"。阅读所行，坚定信心。因为"有文穷不久，无文富不长"。

阅读吧！阅读是太极拳中的"借力打力"，阅读是庄稼地里的"化无为有"，阅读是道场中的"化凡为仙"……

阅读也是一种修行。

辑三
幸福游移不定，它如心底里的一只狐

境在书外，不尽信书

宋朝诗人黄山谷有一句名言："三日不读书，便觉语言无味，面目可憎。"有此心境，可谓读书成癖了。近日看了周国平的《好读书》一文。他认为读书倒不在于破万卷，一头扎进书堆，成为一个书呆子，重要的是一种感觉，即读书已经成为生活的基本需要，不读书就会感到欠缺和不安。他认为读书的最高境界，唯求愉快。

这席话说到了我的心坎上了。

沈复的《浮生六记》买了有半年了，可我只看了其中一记的《闺房记乐》，先是白话文看一遍，再看文言文，躺在椅子上，电扇吹着微风，凉悠悠的，不知有多愉悦。后面的我暂时没敢贪婪地去看，我总认为任何一种贪婪都是一种对欲望的放纵，读书也不例外，我怕损害了对美好的期待。

人间的一切美好都包含在"希望"和"等待"之中，《基督山伯爵》中有这样的一句话：我想最美好的就是将要得到的。到了手，虽有一阵狂喜，可经不住时间的淘洗，慢慢归于平淡，不厌恶那都要烧高香了。所以我对书，就像对一个心仪的美人，享受着期待的过程。我那么多的书就像一个个妙龄女子，静伫在一隅，等着我去品读，那是多么快慰的一件事。所以我宁可站在红妆的旁边多看一会儿，多陶醉一会儿，也不想即刻掀起她的红盖头来。我怕爱得过深，淡得过快，最糟糕的是怕恨得太切。所以我将心中

任性的世界，
你要用眼光洞见未来

读书的美好期待放在一生中去享用。就如小时候家里穷厄，碗头上的一块肉，舍不得马上吃，总是在将饭吃完以后，才大快朵颐地去享受。所以我读书不贪不急，慢慢品尝读书之乐，不当书虫，不死读书。

我的妻子一天到晚捧读书本，看得天昏地暗，有时都忘记了烧饭，我常鼓励她写点文字，可她不置可否。问急了，她说做学生时受的那个罪，她不想受了，可见优秀的她被读书深深地伤害了。我看书与她不一样，我虽也是日日读书，但我读书的方式天马行空，柜中取一书，书中摘一篇，甚至篇中摘一段，段中摘一句，随意浏览或细细咀嚼。我是将读书当作每日的祷告，在心里做个小小装潢，说高雅一些，营造点陶然之境。黄昏散步时，与妻聊起我俩读书的差异，我说她就像是掘一口泉眼，掬起一捧捧泉水，独享其醇，甘甜自知；而我是想将泉扩成一个月牙池，并在旁边种上垂柳，坐在树荫下，观泉清心，独悟成章，自得其乐并乐及他人。所以我喜欢购书，将书码在书柜中，偶尔靠在柜边翻看其一，满心欢喜。也喜欢写点文字，发在刊物中，回看所立之言，满腔自得。

可见读书囿于书本身者，吾妻也，而读书在于求书外之境界的，吾也。

这样说有点拔高自己，但我读书确实不求甚解，有时当读到思维生发处，暂停一会儿，来个中场休息，先让自己的思绪飞扬一会儿。有时甚至放下不读，索性去写自己的文章。

我是边读边写，边述边作，妻子担心我这样的速度写文章，以后会江郎才尽的。其实我一点都不怕，浩瀚书海中有着数不尽的鱼虾珍珠这些"浪花"，随便撷下几朵，都是一道风景。书柜中的厚部头的书，即使再给我一生时光，我也读不完。怕什么呢，将古人的东西打散，随便用线串联在一起，是时下许多人写文章的办法。我暂时冰封不动，到思维已闪不出半点火花的时候，再解冻热炒不迟。

这又让我想起写文章来，知识性可百度，趣味性可添加，唯思想性，就像珍珠的形成，需要有一定的积累。而我这人最大的长处就是善于思考，读一篇文章够让我思考半天的，如此"肠胃功能"，我何不慢慢消受？

　　人不是书柜，他不能只将书装入肚中，关键是在读书中能清心益智，激发思想。眼中只有书的人，可借书打发光阴，但得不到读书之益处，也品不出个中真趣。读书之境不全在书，"尽信书，不如无书"。就像醉翁之意不在酒一样，至于在乎什么，全然在你的造化。

　　因为许多事与缘分有关。

任性的世界，
你要用眼光洞见未来

一个人的海

茫茫大海只他一个人。这注定是他一个人的海。

不，还有一叶扁舟，有鱼叉，有刀子，有船桨……哦，对了，还有马林鱼。

老人不孤独，他躺在舱内，望着天上云卷云舒，心中长长舒了一口气。因为船侧正绑着他的对手，一条大马林鱼。上帝给你关上一扇门，必定给你开了一扇窗。这话真不错。连续八十四天出海，老人竟未捕到一条鱼，他梦见自己像一只饿极的狮子，快要到了生命尽头的时候，不想碰到了这一条大家伙。

老鹰在天上盘旋，小船随海水漂流。老人把钓丝插到一英里深的海里，静等鱼儿上钩。突然伸在水面上的绿色竿子急遽地坠到水里，凭与海打交道几十年的经验，他知道是马林鱼在吃沙丁鱼做的饵。老人来神了，他慢慢提起线，让饵晃动，好诱对手毫不顾及地咬钩。

一股巨大的力量将手中的钓线拽出，老人一趔趄，但立马稳住神，凝聚力，但无济于事，钓线像烙铁一样从掌心滑过，老人手掌血肉模糊。钓线已到尽头，小船激烈晃悠，很快又向海的深处移动。老人知道猎物的大小了。老人死死地拉住钓线，费尽力气将钓线在自己的手肘上绕了几圈。自言自语道：咱陪你耗，别想让我放弃。

鱼拼命地向深海游，老人拼命地抓住线。海岸早已淡出了视线，雄鹰

辑三
幸福游移不定，它如心底里的一只狐

也隐去了身影，大海呈现了少有的静谧，只有老人气喘如牛的声音和小船激起的浪花声。太阳躲进海里休息，星星眨着眼睛值班，可身心疲惫的老人咬牙坚持着，在一个人的海里，他只能给自己不断打气，"坚持最后，就是胜利"。第三天马林鱼终于招架不住，打着转翻出了水面。老人使尽平生所有的力气把它杀死。

这是一条比小船还长、有1500磅重的大家伙。老人将它绑在小船的一侧。老人站立身子，用舌舔着伤口。乱成一团的头发，布满血丝的眼睛，青筋暴出的双手，老人感觉自己就像一头雄狮，一头在海里撕咬着猎物的雄狮。

马林鱼流在海里的血在行进的船尾像一条红色的大尾巴。老人想不到的是，这条尾巴竟引来了鲨鱼这个可怕的尾巴。一条凶猛的鲭鲨直扑马林鱼，老人举起鱼叉，狠狠地朝鲭鲨的头部插去，直到鲨鱼慢慢沉入水中。老人深信："人并不是为了失败而生的，一个人可以被消灭，但不能给打败。"

可接而连三地来了星鲨、犁头鲨……老人尽管极度疲惫，但为了保住劳动成果，拼力与鲨鱼搏斗。叉子丢了用刀，刀子掉了用棒，棒子坏了用舵……鲨鱼终于被打败了，可马林鱼也只剩下了一个大骨架。

老人一个人从海中来，正如当初一个人向海中去。

这个老人就是海明威的小说《老人与海》中的桑提亚哥。他在一个人的海中为我们上演了一场惊心动魄的战争，也让我们铭记了不向厄运低头的硬汉形象。

任性的世界，
你要用眼光洞见未来

苏东坡的翅膀

一

人人都有一双隐形的翅膀，因为不能让它轻盈起来，所以只能在地上行走。

芸芸众生，穿行在尘世间，躯体虽大同小异，精神却有云泥之别。你别不信，有的人终其一生都在匍匐爬行，可苏轼在人生遭遇风霜雨雪时，在陷入人生沼泽泥潭时，他能振翅而起，随风逍遥，直上九霄。

苏子的翅膀原本没有太大的力道。他及第后，名满京城，成为御用的才子，为皇帝写些公文，闲暇时写点诗词。皇帝对他很是钦佩，皇后对他更是宠爱有加。苏轼算是政坛文坛上的双栖明星。才高本遭人妒，得宠更加遭人恨了，这也为后来苏轼落难种下了祸根。

不过只有遭遇严寒的松树，才有可能成为人们景仰的风景。一个文人在优越的环境中写应景之文，华丽的文句是堆不出高度的，因为即使人格保持着相对独立，也难以完全挺直脊柱。苏轼此时像一只被豢养的雏鹰，有飞翔的本能，但养尊处优的生活，已懈怠了他的翅膀。

虽说普天之下，莫非王土，但走出金丝笼就有一片天空。苏轼经历了人生的第一次苦难——父亲与妻子相继去世。父亲这座山倒了，他无可依靠；妻子这条河干了，他无处倾诉。心里的苦楚，砥砺着性情。他并不坚实的翅膀第一次充盈着气血,他要振翅而飞,走出不幸的樊篱。

走出了苦痛并不意味着没有苦痛的记忆,若干年后苏轼写了"十年生死两茫茫"的词作《江城子》来悼念亡妻。

文人的劣根性,就想让人赏识,这个人越是位高权重越好,尽管他们也都知道"诗穷而后工"的道理。但还愿意跻身官场,如飞蛾扑火般。孔夫子的"学而优则仕"成了历代文人争相跨越的标杆。苏轼丁忧后,皇帝召唤他,他快乐地回到了"笼中",他愿意享受那份独有的尊荣。

二

历史注定要苏轼文章流芳千古,命运注定要为苏轼打造一副坚实的翅膀。作为一个热血青年,苏轼也是热衷改革的。可对王安石变法持有异议,对抗毫无结果,他自求外放,主动到杭州任职。苏轼想逃离是非之地,可他又如何甘心?我相信他在诗文中对新政的弊端是发了一些牢骚,但被人诬为多有"谤讪朝廷"之辞,实在是莫须有。苏轼这人一向是嫉恶如仇,遇有邪恶,则"如蝇在食,吐之乃已"。他给皇上的奏文中说:"伏念臣性资顽鄙……知其愚不适时,难以追随新进。""新进"一词,在王安石口中是指突然升迁的无能后辈。这下惹恼了掌权的李定之流,他们本就嫉苏轼之才,更害怕苏轼一旦被起用,自己就没有好日子过。最后苏轼还是被这帮小人以所谓的"乌台诗案"逮捕入狱。

林语堂先生的《苏东坡传》中记载,当时苏轼吓呆了,躲在后院不敢出来。见官差面目狰狞,默不作声,气氛紧张万分,苏东坡求道:"臣知多方开罪朝廷,必属死罪无疑。死不足惜,但请容臣归与家人一别。"在押解途中,苏轼怕牵连亲友,还动了几次自杀念头。此时的苏轼,叫人如何也想不到黄州后的"一蓑烟雨任平生"的豪迈坦荡。

小人是想将苏轼置于死地而后快的,但苏轼还是从小人的一道道死亡魔咒中逃了出来。在生与死边缘徘徊不定的人,得到生的敕令时,心中就像打翻了的五味瓶,对人生另有一番感慨。就像破茧而出的蛹,只要挤出了那层茧,就有了全新的生命体。此时苏轼的翅膀虽伤痕累累,却有了新

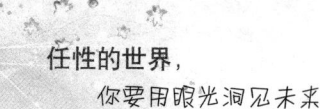

任性的世界，
你要用眼光洞见未来

的力量。

苏轼孤身一人发到荒凉的黄州，任团练副使。在那里，一个朋友也没有，也没有一个容身之所，只好寄居在破庙里，内心孤独，备感煎熬。一般内心煎熬的结果只有两种，一种心理变焦，抑郁而死；一种心茧更厚，坚韧而生。苏轼属于后者。苏轼经历了人间的尊与卑、贵与贱、热与冷、生与死，他必须让自己的翅膀坚韧起来，好在困境中突围。

三

现实已然，无法改变，而唯一能改变的是内心。苏轼是天生的乐天派，他死里逃生后，认识到"生命犹如爬在旋转中的磨盘上的线蚁，又如旋风中的羽毛"。他开始沉思自己的个性，而考虑如何才能得到心情的真正安宁——丢掉官场上的蜗角虚名，在历史长河中建立起豪放的生命情愫。于是他寻找到了"一样无言的赤壁"，默默对视，惺惺相惜。他开荒种地，泛舟江上，饮酒赋诗。渐渐有了"浪淘尽千古风流人物"的豪迈，有了"飘飘乎如遗世独立，羽化而登仙"的超脱。

林语堂说：苏东坡这种解脱自由的生活，引起他精神上的变化，这种变化遂表现在他的写作上。他讽刺的苛酷、笔锋的尖锐，以及紧张与愤怒，全已消失，代之而出现的，则是一种光辉温暖、亲切宽和的诙谐，醇甜而成熟，透彻而深入。此时的苏轼，已是一位脱胎换骨的苏东坡了。他的翅膀在风清月白中，在黄州赤壁下，在滚滚长江上，悄然勃发。沾在他翅膀上的污泥秽土，让江水冲刷得干干净净；压在他心中的沉重块垒，被他轻松地卸下。苏东坡的翅膀已完全炼成，且力道越来越大，他轻轻一抖动，竟悠然自如地升上了天空，到了人们仰视的高度。

《赤壁赋》在"东方既白"的晨曦中诞生了。它的出现，不仅奠定了苏东坡在文学史上的地位，也标志着苏东坡突围的成功。即使后来因"拣尽寒枝不肯栖"，遭了几次贬谪，哪怕是贬到天涯海角，苏东坡何时将它放在心上？

有了一副坚强翅膀，就能飞离任何沼泽险地。

辑三
幸福游移不定，它如心底里的一只狐

寻一客温暖

我总认为宽阔整洁的街上是缺乏温暖感的。

尽管伏天气温居高不下，但街道两边的玻璃门里冒着丝丝冷气，加上柜台里站着一脸功利的媚笑，让人觉得是一把把冷艳的刀。

不能怪我有如此的感觉，是因为我常常走过那些富丽堂皇的门，在虚假的热情下，总会付出比网上高得多的价钱购得所需。而许多情形是老朋友，是老熟人。原来生意中的"宰熟"是那么的得心应手。

蒋方舟说，温暖来自陌生感。我信。但我也信温暖远离闹市区，隐匿在小巷中、乡土里。就像欣赏《清明上河图》，看到每一处人来人往的场景，看到肩挑贸易，看到测字相面，似乎还能感受宋朝残存的温暖，也庆幸那时没有跋扈的城管。

晚饭后，绕开大街，穿过小巷，在"必胜客"的侧面巷口，我见到六七张破桌子，围着几十个"闲人"，在打牌、下棋、围观。执者一本正经，看客津津有味，他们时而为出错牌、下错棋而悔恨，时而为赢得小钱而欢欣。市井生活，平凡百姓，没有地位，没有余钱，但他们活得简单实在，从容快活。

每每我心中都掠过一客温暖。

日本作家永井荷风在其文章中写道："呜呼！我爱浮世绘，苦海十年为亲卖身的游女的绘姿使我泣；凭倚竹窗茫茫然看着流水的艺妓的姿态使

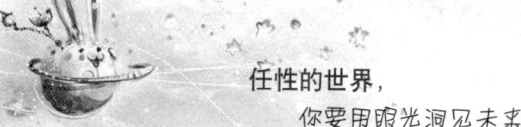

任性的世界，
你要用眼光洞见未来

我喜。卖夜宵面的纸灯，寂寞停留河边的夜景使我醉。雨夜啼月的杜鹃，阵雨中散落的秋天树叶，落花飘风的钟声，途中日暮的山路的雪，凡是无常、无告、无望的，使人无端嗟叹此世只是一梦的，这样的一切东西，于我都是可亲，于我都是可怀。"是啊，许多感怀可亲的，都在世俗的生活中，都在底层的"旮旯"处。

楼上的张老太顺手将我丢在门口的垃圾拿走，当作她小菜园的肥料。等菜熟了，她揪一把新鲜菜，放在我的门口。没有一句话，但心中却有了一客温暖。

沿着桥的坡面往北走，暮色四合，看到前面黝黑的山，顶着一轮弯月，一颗最亮的星与它遥相辉映，夕阳早躲进了大山，只残留着几片云彩。妻吟了一句："黛山瘦月伴孤星，黄昏低穹悬一云。"此种意境，让人怀想。问她出处，她说出自心中。

一客温暖顿时也流向心中。

走到桥下新建的休闲处，大道上行人如织，道中的小广场舞步飞旋。我边走边侧目而望，心随节拍"驿动"。我臆想着脱下齐整的外套，随心所为，随意而为，与他们旋转在光洁的大理石的广场上，伴着乐音旋律，伴着笑声气息。可我不能，我被生活的名利压榨得变了形状，办公室的生活又将自己内心裹了又裹。得一点荣誉，内心兴奋，脸却在旁人面前拉得老长，好像受了欺负；得一点奖金，心花怒放，在别人面前却故作矜持，好像丢了钱包……这样的生活已成了常态，以致有时自己都不知从何处翻找自己。

人际间的复杂，是保护自我，也是作践自我。可我发现了单位收发报纸的盛师傅，正在人群里，一曲歇了，一曲又起，他一次又一次地被舞伴拥入池中。我有些纳罕，按理他是没有快乐或至少是缺些温暖的：工作卑微，老婆离去，甚至长相也有点猥琐。但他活得简单、率真、快乐，他掌控着自身的一客温暖，同时也温暖着他人。

我不禁沉思起来，温暖不在多，关键要寻得。

"一客温暖"，真的，人人都需要。

辑三
幸福游移不定，它如心底里的一只狐

孤独是一朵雪莲花

孤独是冰山上的一朵雪莲，寂寞是汪洋中的一条小船。

与朋友谈起马尔克斯的《百年孤独》在中国出版时，不知不觉谈到了孤独与寂寞，我如是说出这样一句很富韵律的语句来。其实我未能思考这个比喻是否贴切，友人也想探个究竟，我不得不强词夺理一番。

孤独是清冷中的淡定，是流俗中的坚守。正如雪莲一样，在无边无际的冰雪世界，当一切都畏寒而隐身，只有它给雪原带来一点黄绿，带来一些生机和暖意。它不怕严寒，独守清冷，如高贵的公主，在自己独垦的心地，透着窗儿，张望飞翔的雄鹰。

寂寞是黑暗中的不安，是空虚中的无奈。如一叶扁舟，在浩瀚无边的海洋中摇荡，远离了灯塔，甚至不见一只海鸥。海浪拍打着船舷，也将心拍得咚咚作响。抛到浪尖见不到月亮，跌入低谷见不到阳光，在恐慌中让洋流摆弄到任意地方。

我的诠释友人说太形而上了，让人着不了边。我举例说，一位老者微眯双眼，袖着双手，倚墙坐在凳子上晒太阳，那叫孤独；一位俗人在灯红酒绿后唉声叹气，繁华落尽时坐立不安，那叫寂寞。孤独是一种境界，是功成名就后的地位，是安享天年的无求，是思想者的栖息地；寂寞是一种状态，是欲壑难填时的躁动，是喧嚣热闹后的无聊，是浑噩者难耐

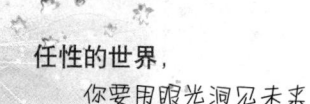

任性的世界,
你要用眼光洞见未来

的故乡。

尽管孤独与寂寞有时也如孪生兄弟,让人分不清彼此。但孤独者不一定寂寞,寂寞者一定孤独。

曹操一生是孤独的,他不仅是身处高位,有高处不胜寒的感叹,更有时人对他极度不理解。他在210年写就的《让县自明本志令》中,以足量的文墨剖明心迹,陈述自己忠心报国、决无称帝之意,自愿让出受封三县,以除世人之误。可世人认为曹操是装腔作势,曹操只能在孤独中守着自己的初衷,"破荆州,下江陵……酾酒临江,横槊赋诗"成一世之雄。他何来寂寞?

再看千家诗中的《春怨》:"打起黄莺儿,莫教枝上啼。啼时惊妾梦,不得到辽西。"说的是一位妇人,被窗外的黄莺鸟叽叽喳喳地搅了春梦,披衣起身,操起屋檐下竹篙一阵猛打,将树上的几只黄莺吓得纷纷乱飞,哪顾得了女子应有的矜持与温婉。是啊,夫在辽西戍边,妻独守空房,一分孤独酿成一腔寂寞,以致思念成灾,寂寞成怨。

这真是孤独催生豪杰,寂寞产生怨妇。

其实孤独和寂寞都与痛苦为伴。只不过痛苦是孤独的过客,寂寞却与痛苦长期厮守。孤独在多数情况下是一种被动状态,当然除了病态,没有人愿意孤独。但孤独来临时,人要与孤独抗争,在孤独中将自己的篱笆扎牢,将自己的舞台搭好,在孤独中求得一份独我,求得一份成功,从而享受着孤独。

若孤独不能排遣,寂寞就像黑夜漫卷而来。寂寞是内心自我生成的一种心理。没有人能让你寂寞,只有当你将自己一切鲜活的生活,都堆在别人的架子上,当架子散了或抽走了,你就寂寞得一地鸡毛了。

当然孤独也是相对的。马尔克斯的《百年孤独》经典开头:"多年以后,奥雷连诺上校站在行刑队面前,准会想起父亲带他去参观冰块的那个遥远的下午。"让中国作家推崇不已,纷纷模仿。可马尔克斯因盗版问题,不予在中国发行,让《百年孤独》在中国寂寞了二十多年,如今又在中国出版,可见《百年孤独》终究没有孤独。

辑三
幸福游移不定，它如心底里的一只狐

玉兰花开

暮冬，我遵医嘱住进了医院。

病不算大，就是身体一部位有个小囊肿。一般无须处理，可这小东西在我体内无所顾忌地扩张，三年内竟长了两厘米，到了医生所说的要干预的地步。医生给了我"保守治疗"与"手术"两条建议，让我选择。

我想，与其担心它什么时候与你翻脸，倒不如来个彻底了断。

在一个有阳光的冬日，我住进了病房。妻子陪床，也随同住进了空调间。

在等待手术的时刻，妻子与我说说笑笑。妻心里没有什么担忧的，她经历过的手术比这大。妻说这手术小菜一碟，打个麻醉就如同一个午睡。

可妻子万万没有想到，我的手术出现了一点情况。

医生告诉她，手术是成功的，问题是囊肿一般是清水，可我那带有血。必须进行深入检查后，再决定缝合。妻子一下子蒙了。

此时的我，正躺在手术台上，虚弱得没有一点知觉，正晾在那，稀里糊涂地走进生命的法庭，等待命运的宣判。

有时糊涂是一种幸福,清醒反而是一种折磨。焦急与痛苦、无助与害怕，就像阎罗殿里的四小鬼，紧紧地缠着妻子。她只好靠在手术室门外，静听里面发出的任何一种声响。她在祈祷，可心总不能静下来。

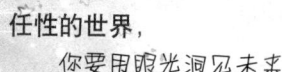

任性的世界，
你要用眼光洞见未来

等待如煎熬。妻说整整五个小时，医生才发出赦令。此时从不感冒的妻子，鼻子塞了，咽喉肿了。我知道这是警报解除后的反应，就像从暮冬倏地进到了初春。

窗外依然还是冬天，室内有些暖意。我躺回病床，妻子兴奋地靠在床边。看着妻子憔悴的脸庞，尽管我舌头尚在麻醉状态下，但我在心里道了一声："妻子，辛苦了！"

正当我们盘算着何时出院时，医生还让我们等等，让妻子刚笑开花的脸顿时蔫了。医生说，上次紧急检测只是个初步判断，只有百分之九十良性可能，为了万无一失，还要进行最后的病理检测。若不好，就要立即做器官摘除手术。

当听到与你相伴几十年的原件，搞不好就要被拆卸下来时，我心还是一颤。但我必须镇静，尽管我是这场灾难的候选人。我劝流泪的妻子：别怕，上帝幸好给我们备用了另一个，少一个机器可以照常运转。

从某种意义上说，病痛与死亡其实是对亲人的折磨。索命之笔真圈到你头上，那可是"逝者长已矣，生者长戚戚"啊。

妻子在同室病友的劝导下，情绪平复了好多，于是就三番五次地去病理室催问检验结果。其实她既盼望快点，又怕看到不愿看到的结果。她于是将毛巾洗了又洗，将东西理了又理……就这样在病房里等着病理报告，那决定我们命运的一纸判决书。

那天中午，医生推开门，通知我出院，妻竟像个小孩子欢呼起来。靴子落了地，没有砸着人。这是一件多么令人惬意的事啊！

妻拉着我说什么也要到街上逛逛，让我这个"病囚"，好好享受自由的空气、室外的阳光。是啊，套上病服，我就成了医院里的囚徒，十几天不能迈出病区半步。如今枷锁被解除，这种轻松，真是难言其妙。

我这才深深感受到，幸福原来是剥夺你的所有，而后又如数还给你。正如经历了寒冬，才感受到春的温暖。这不，人行道边的玉兰花不知何时开出了骨朵儿，原来春早就藏在冬里。

辑三
幸福游移不定，它如心底里的一只狐

守中有变，精彩无限

你若将大地呈给天空的水汽，幻化成五彩云朵；你若将山泉汇聚给大海的细流，变得波澜壮阔，我想大地会缄默而窃喜，山泉会高兴而欢歌。

可不是一切改变都那么令人惬意。

这不，表演者将剧作家的台词改变了，剧作家有些不快。表演艺术家说：演员是在演戏，不是念剧本，可以根据表演的需要改动台词。剧作家说：剧本是一剧之本，演员随意改动台词，就可能违背创作的意愿。

真可谓各执一端，莫衷一是。

作为表演者，对作品进行再次创作，达到"看我非我，我看我，我也非我；装谁像谁，谁装谁，谁就像谁"的境界，这是表演者的终生追求。可作为一剧之本的剧本，让演员随意改动，伤害了根本，逆了意图，创作者面对面目全非的剧本，不仅啼笑皆非，而且有切肤之痛。

可改乎？不可改乎？

其实表演艺术家说改，剧作家也没说一定不改，而是不能随意改。说到底，是如何改，朝什么方向改，改到什么程度，也就是说改而有度。

朱光潜先生在《咬文嚼字》中记载，郭沫若先生的剧本里婵娟骂宋玉说："你是没有骨气的文人！"一位演员将"是"改为"这"："你这没有骨气的文人！"郭老觉得这字改得很恰当。一字之妙，全在味道。如此改变，

任性的世界，
　　你要用眼光洞见未来

编剧求之不得。

　　改变，让氤氲的水汽更为靓丽、瘦弱的细流更为生动、无味的句子更有味道。

　　就像将商品做个二次包装，卖出比裸品高出很多的价钱；将文化做个改变，让更多的人去喜欢、去接受。正如任继愈所说，防止文化衰减，就必须有所改变，但终极目的是让文化有所增益。

　　浔阳江头，白居易动情地相邀"莫辞更坐弹一曲，为君翻作琵琶行"，才有了曲词一体的至臻完美的艺术境界；丹山道上，李商隐真心地感叹"桐花万里丹山路，雏凤清于老凤声"，吟出青出于蓝而青于蓝的和谐。这种改变，谁都乐享其成。

　　当然问题可能不那么简单。让编剧气恼的是，一句严肃的台词，可能从演员嘴里流出的是粗俗不堪；一段精心的描述，可能让演员无厘头得一哄而散。台词追求标新立异，若为人物形象服务，也无可指责，但只是哗众取宠、迎世媚俗而博得一笑，那就弱化了主题表达效果。让人感觉一个漂漂亮亮的孩子，因被人教说些不着调的话，而毁掉形象的悲哀。

　　这不难理解，就像老师，可以依纲据本地去发挥、创造，但若抛开了课本，东拉西扯，离题万里，可能也关乎知识，但与此文本无关。

　　所以，一张蓝图，你可以稍加改变，但你不能动其根本；一个剧本，你可以稍改台词，但你不能动其灵魂；一个传承，你可以因时而变，但你不能动其精神。若殡葬改革逼死了老人、医疗改革加重了负担、将细流变成了死水、水汽改成了雾霾，这都是极其荒谬的。改不是随心所欲，变不是无可遵循。

　　变不可怕，可怕的是乱变。变而无度是毁弃，改而有度是再生。

青涩褪尽总有时

那年冬天,下了一场大雪。邻居小胡来我家串门,叨唠儿子在学校不知冷不冷。我说你打个电话不就知道了吗。哪知小胡叹气道:我家那孩子就嫌我啰唆,我要打电话给他说不定听一句就将电话撂下,这孩子就像吃了火药样,与父母讲不了三句话。唉,真像那青葱,直呛得人流泪啊。

小胡家的孩子元昕我是知道的。碰到我总红着脸打招呼,我不时也鼓励他几句。他挠挠头一笑,就快步地离开。我感觉元昕这孩子本质不错。可小胡说这孩子是"家作懒,外作勤",与父母是前世的对头。只要父母一说,他就像一个皮球,反弹得老高。

元昕高考失利选择复读时,提了一个条件,到外地表叔从教的学校去读,说什么也不在父母身边了。

元昕的初中成绩是相当不错的。听到他高考失利我还真有点不相信,在拿到高考成绩那天,小胡家就像天塌下来一样。我到他家去劝慰时,小胡还余怒未消,抱怨孩子没出息,给家人丢脸。我制止了小胡的恣意气话。聊天中知道元昕是一个有着很高理想的孩子,可越到高一年级理想就越低。用小胡的话说,那是"土罐里养乌龟,越养越缩"。

事后小胡夫妇向我咨询,我建议依着孩子的意见。一则让孩子学会承担责任,找不到失败的借口;二则摆脱家长的过度关心对孩子可能更有利。

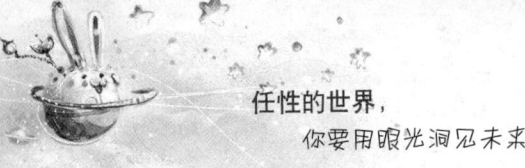

任性的世界，
你要用眼光洞见未来

现在的家长对孩子寄予的希望都很大，对孩子的未来操心太多，是典型的透支烦恼。有时就进入了一个怪圈，父母关注越多，孩子压力越大，自然有反叛情绪，往往成绩也不太理想。成绩越糟，父母心里越着急，就越唠叨，造成了孩子心理压力更大。如此恶性循环，父母变得越来越没有耐心。孩子就变得越来越烦躁。

元昕真的到他表叔那儿去了。刚开始小胡夫妇对孩子的牵挂还是不能放下，三天两头地去看孩子，可每次回来都受一肚子的气。特别是有一次，看见孩子在大冬天，还穿着一条单裤，冷得宁可缩着身子，也不肯添衣，小胡一通数落，最后又是不欢而散。

我告诉小胡，孩子这时需要一个相对独立的空间，只需默默地关心，而不去教他怎么怎么做。要想改善大人与孩子之间的关系，只有相信他并耐心等待他成熟。

五一节，我在菜市场上碰到了元昕，他在买鸽子，说他爸妈单位组织度假，妈妈因他回来就没有走，在家洗他带回来的一包衣服时，晕倒了。"我妈身体弱，听说鸽子可以治头晕症。"我拍了一下元昕的肩膀说："小伙子，成熟啦。"

晚上我与妻子到小胡家探望，小胡躺在沙发上，夸儿子比以前懂事多了，说不是这次生病还真不知道儿子挺能干的。我笑着对小胡说："每个人都有青春期，有的人青春期就像是没有开告（农人驯耕牛叫开告）的牛犊，既要戴好笼头，防止它随嘴撩吃一口禾苗，又要给其自由。一旦开告耕田了，多了一份压力就成熟了。"

杏树夭夭，果挂枝头，有一点青涩，缺一点完美，都正常不过的。它需要时间的催促，需要严冬的孕育，也需要人们耐心呵护。青涩的过程，是不能用催熟剂的。要保护好青涩，不让其在青涩时坠落，就有成熟的一天。

杏挂枝头莫心急，青涩褪尽总有时。

辑四

爱的路上，良与善与之偕行

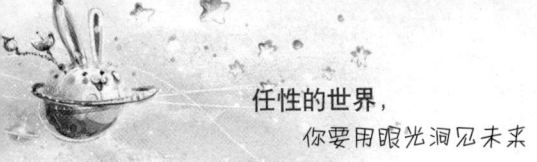

任性的世界，
你要用眼光洞见未来

大恩要言谢

在拥挤的车上，别人给你让个座，你会真诚地说一声"谢谢"；在陌生的街头，别人给你指条路，你会感激地说一声"谢谢"……可你学业难以为继，别人伸出了援助之手，资助你读完中学又读大学，你却受之坦然，缄默不谢，视若路人。别人责问，你却弱弱且淡漠地说一句："大恩不言谢。"

那你真错了！小恩且挂心头，大恩岂能不谢？

秦时，项伯杀人，张良救了他。项伯对张良一拱手说："大恩不言谢！"可随后他侄儿项羽要发兵攻打刘邦时，项伯连夜打马潜到刘营，告诉了身在刘营的恩人张良。尽管后人说项伯这一报恩，就报销了项家的江山。此话显然言重了。但我认为若项伯以牺牲自家江山来报张良的大恩，更显任侠之气，更有悲剧情愫。

一个恩字，有时是要背负一生的。

"大恩不言谢。"可以说是一个婉辞，说了，也就谢了。也可以说是受人之恩太大了，以致光用言语说"谢谢"，不足以报答。要用行动，用鲜血，甚至是生命。"滴水之恩，当涌泉相报。"何况"大恩"乎？

春秋末期晋国的豫让，为了报智伯的知遇之恩，践行了"士为知己者死"的诺言。智伯被赵襄子所杀，他就决心刺杀赵襄子，为恩人报仇。第一次行刺失败后，他用漆涂身而生疮，炭吞喉而哑嗓，残身苦形，使他人

不认识自己，好接近赵襄子。可惜第二次又功败垂成，被捕的豫让对赵襄子说："明主不掩人之美，忠臣有死名之义。"他请求赵襄子借衣服让他砍一刀。赵襄子脱下了华服，豫让拔剑三跃而击之，然后伏剑自杀。豫让自我凋谢了生命之花，为的是"谢"智伯的大恩。

当然知恩图报，不一定像项伯一样不顾一切，也不必像豫让一样，殒身不恤。但受恩就要感谢，适时就应报答。

"恩"者，是压在你心上的"因由"。这个"因由"是他人的善意、付出与救助。这"因由"，是你饥渴时的一杯水，是你寒冷时的一件衣，是你迷茫时的一声鼓励，是你痛苦时的一个偎依……《诗经》中说："投我以木桃，报之以琼瑶。"中国人讲究知恩图报，恩怨分明，《增广贤文》里就有："有仇不报非君子，忘恩负义是小人。"对前者虽未归到"君子"之列，但也非遭人唾弃的"小人"。所谓的"一笑泯恩仇"，是宽容至善，是对"仇"的化解，而"恩"与"义"是绝对不可以忘怀的。

可现实中不时发生一些让人心冷或恩将仇报的事。别人为救落水的你，献出了生命，你却溜之大吉；别人好心扶起跌倒的你，并送到医院，你却说他是肇事者。若对前者"恩重如山"，难以承受，尚有一丝理解的话，那么后者简直是丧尽天良，无赖之极。

施惠者，无索报之意，但受恩者，要铭记在心，且无论是大恩、小恩。冯梦龙在《醒世恒言》中写道：大恩未报，刻刻于怀。衔环结草，生死不负。

大恩要言谢，只是未到时。

任性的世界，
你要用眼光洞见未来

有一种良善叫"铭恩"

那天放假，我与妻子拎着大包小袋的东西回乡下老家。袋子里装的全是用的、吃的，这是几天前妻子打电话征询了乡下二老意见买的。

到车站不过里把路。说真话，平时空手走路不觉得，拎着东西，时间一长就不那么轻松了。我满头大汗，咧嘴装欢；妻腰痛手酸，颇有微词。当将最后一包东西拎上客车时，妻子叹了一声：真是远路无轻担啊！

其实我俩常常回家探望父母，包个车，百把块钱，一个小时就到。可这次妻子不干，说省一个是一个。妻子是一个心疼钱的人，上市场买菜精打细算，到商店买个衣什么的，要跑遍半条街。但妻子的良善又让她特别大方，头几天我跟她说，我曾经资助的一个学生，我想再帮帮他。妻子二话不说，就掏出了一千块钱给我。

我知道妻子的良善之外，有着别样的想法——"做好事花钱，比花在喝酒打牌上好"。

让她有这样的认识，是曾经的我，在工作上无所事事，大多时间泡在酒场和牌桌上，那真是不醉不休、不输不归。等我找回丢失的我时，妻子却找到了这句话。有了这句话，我除那事之外，有什么用钱的地方，妻子答应得都比较爽快。

我资助过的学生叫小程，与我老家在同一个乡镇。去年学校招生家访

辑四
爱的路上，良与善与之偕行

时，我与同事到了他的家。他家只一间房子，还尚未完工。堂面有一张缝隙大得能塞几根筷子的旧桌子，还有用黄胶布裹着腿的几把破椅子。我们看后觉得特别心酸。当看见条台上放着几本新书——小程提前买的学习资料时，我们心里又有一些惊喜，为这学生，为这个家庭。

正好小程的妈妈从镇上回来，我们才得知她家里的困难程度，不是我们想象的。她告诉我们，孩子爸死得早，她一个人拉扯着孩子，还要赡养七十多岁的公爹。孩子考到城里去上学，当然高兴，可孩子学费和生活费让人发愁，所以找了镇政府……

摆在眼前的现实比语言残酷，我的心揪样地痛。怎么能做到不露痕迹地帮帮这个贫困之家呢？我动了一下脑筋。随后，我接了一个电话，就对小程妈妈说，刚巧我有个作家朋友，委托我做个善事，你要成全他。于是我掏出了一千元钱塞到她手中。临走时，我承诺以后还要找人帮助他们。

客车里的人越来越多，学生小程也挤上了车。他看见了我，眼光闪烁，脸红到脖根，憋了半天，冒出一句："谢谢老师。"

在车里相遇，正常的打招呼，说声"老师好"就可以了，可他说的竟是"谢谢"二字。妻子有些疑惑。我告诉妻子，这就是我俩资助的小程同学。妻听后略有所思地点了点头。

下车时，我立身准备拿东西，妻子拉了拉我的手袖，并耳语："让小程同学来吧。"

我唤了小程，他高兴地应允，随即将我们的大袋小袋搬下了车。我看着他上上下下，动作麻利，心情轻松。长舒一口气后，他将头探出车门，问："还有么东西要搬？"妻子抢着回答："没有了，谢谢你的帮助啊！"

回家的路上，我对妻子的做法有些不解。妻子觑我一句：这有什么不好理解的？就如我们先前拎着东西，走一段路不觉得，可走长路就感觉特别累。如果小程同学长期背负着沉重的感恩之心去学习，他不也很累？让他帮我们做点事，就是让他将压在心头的感恩心思卸下来啊！

听过妻子的话，我喃喃点头：卸恩，原来也是一种善良。

115

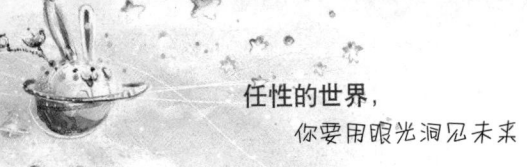

任性的世界，
你要用眼光洞见未来

铮亮的头，瓦亮的友

　　当我们感叹生活中人情淡漠、人心不古的时候，总有一些孩子们的纯真故事温暖着我们的成人世界。

　　这个故事的主人公是一位5岁的小男孩。他的名字叫文森特·巴特菲尔，是美国密苏里州联盟中心小学的学生。他有一个好朋友叫扎克。他俩同住一个小区，同坐一张课桌，上学一道去，放学一道回，好得像一个人一样。

　　可不幸的是扎克患了急性淋巴细胞白血病，这是一种恶性细胞快速增长的癌症。当文森特听到朋友扎克患了这种病后，非常担心。当在网上了解到这种病不可怕，可以治愈时，他打电话安慰扎克，让扎克坚强些。

　　扎克住院的日子，文森特像丢了魂一般，心里特别挂念，要求妈妈与他一道前往医院看望扎克。当看到扎克化疗后头发全掉了时，他难过极了。他决心为扎克做些事。可一个5岁的小男孩能做什么事呢？当文森特了解到化疗费用十分昂贵之后，他脑海里闪过的第一件事就是想要为朋友筹钱。

　　其实小扎克也离不开好友文森特，他虽然在化疗，但他还是坚持到校上课，因为只有到了学校，才能与好朋友文森特相聚。可化疗后没有头发的扎克，在学校里显得另类与孤独，同学们都用异样的眼光打量着扎克，扎克心里有些难受，文森特心里也不是滋味。他觉得光是陪扎克玩游戏、

辑四
爱的路上，良与善与之偕行

讲笑话还不足以让扎克快乐，于是做出了一个惊人的决定，也剃掉了自己的头发。他想只有剃光头，才能让好朋友知道，自己对他的痛苦感同身受。

扎克化疗还在继续，小文森特筹钱计划还在实施。他一面紧缩自己的零用钱，一边想着别的办法。当文森特看见妈妈在编织围巾时，他顿时冒出跟妈妈学编织围巾为扎克凑钱的想法。妈妈看见儿子为了友谊煞费苦心，心里当然高兴，于是欣然同意，收了儿子这个徒弟。那段时间文森特一放学回家，就扎进特殊的家庭作业——编织围巾中。他心想，朋友有难，为朋友出力，才算好哥们。小小文森特为织围巾常常忙到废寝忘食的地步，以致在妈妈提醒下，才知吃饭、睡觉。

就这样文森特一口气织了20条围巾，一共卖了200多美元送给了扎克……

小男孩文森特的事迹惊动了KSDK电视台记者。当记者问小男孩妈妈，文森特帮助朋友的动机时，文森特妈妈凯伦·巴特菲尔德告诉KSDK电视台记者："文森特非常乐意，他说如果我们做出一大堆这样的围巾去卖，那将会很酷。"

当记者问文森特为何剃光头时，文森特说："我想让扎克知道，他不是唯一没有头发的人。"

记者又问："什么是友谊？"文森特用手拍拍自己的光头，俏皮地说了一句："友谊就是锃光的头、瓦亮的友。"

是啊！当成人世界朋友间被异化成相互谋利交易时，文森特的故事告诉我们，真正的友谊，是推心置腹、推己及人和患难与共。

任性的世界，
你要用眼光洞见未来

莫言母亲的五份大礼

　　诺贝尔文学奖得主莫言，在瑞典学院演讲时，平静地讲了母亲与他的五个故事。莫言虽未诠释，但无不让人感觉到这故事奠定了莫言做人处世的根基，是莫言母亲送给儿子人生途中的五份礼物。

　　莫言小时候打开水时，将家里唯一一个热水瓶打碎了。他吓得在草垛中躲了一天，直到傍晚听到母亲呼唤他的乳名，才从草垛里钻出来。母亲没有打他没有骂他，只是抚摸着他的头，发出一声长长的叹息。这是莫言对他母亲最早的记忆。也是莫言母亲送给他的第一份礼物——"爱"与"宽容"。

　　莫言与母亲去集体的地里捡麦穗，看守麦田的人来了，他母亲裹过小脚，跑不快，被守麦田的抓住了。那身材高大的看守人扇了他瘦弱母亲一个耳光，他母亲嘴角流血坐在地上，那种绝望的神情，让莫言终生难忘。若干年后，莫言在集市上与那守麦田的人相逢时，要冲上去报仇，可他母亲拉住他的手平静地说："那个打我的人与这个老人并不是一个人。"

　　往事如烟无须管，冤家宜解不宜结。母亲随遇地送给莫言人生的第二份礼物——"忍让"与"善良"。

　　有形的礼物可能随时间流逝而消于无形，而无形的礼物植入了灵魂，才与生命永恒。

辑四
爱的路上，良与善与之偕行

一个中秋节的中午，莫言家难得地包了一顿饺子，每人只有一碗。正当他们吃饺子时，一个乞讨的老人来到了他家门口，莫言端起半碗红薯干打发他，那人却愤愤不平地说：我是一个老人，你们吃饺子却让我吃红薯干，你们的心是怎么长的？莫言生气地说：我们一年也吃不了几次饺子，一人一小碗，连半饱都吃不了，给你红薯干就很好了，你要不要？你要就要，不要就滚。母亲训斥了莫言，然后端起她那半碗饺子倒进了老人的碗里。

莫言的母亲用自己的言传身教，送给了莫言人生途中的第三份礼物——"仁慈"与"悲悯"。当莫言将笔触及农村最底层生活时，他的悲悯情怀无不受到母亲的影响。

母亲是孩子的第一任老师。当莫言在菜市场卖白菜时，有意无意地多算了一位买菜的老人一毛钱，他母亲泪流满面，轻轻地对莫言说："儿子，你让娘丢了脸。"就这轻轻的一句话像一把利锥深深扎在莫言的心上，同时母亲送给他的第四份礼物——"知耻"与"诚实"，也从此放在了莫言心头。

莫言母亲的一生，是辛苦、劳碌的一生。他母亲有严重的肺病，饥饿、病痛、劳累，使他们家庭陷入了困境，以致看不到光明和希望。莫言说他有一种强烈的不祥之兆，怕母亲会寻短见。有一次回家喊母亲没有人应声，莫言急得一个人坐在院子里大哭，这时他母亲背着一捆柴草从外面走了进来。当他母亲知道儿子的心思后，说："孩子你放心，尽管我活着没有一点乐趣，但只要阎王爷不叫我，我是不会去的。"

莫言母亲在磨难中，可以说是一无所有，却将第五份礼物送给了自己的儿子，那就是"责任"与"坚韧"。

当莫言获得诺奖接受采访时，莫言说："一个作家之所以会受某一位作家的影响，其根本是因为影响者和被影响者灵魂深处的相似之处。"但毋庸讳言，莫言母亲给儿子的五份礼物，无疑影响了莫言的一生，这影响让莫言与母亲的灵魂深处有了"相通之处"。

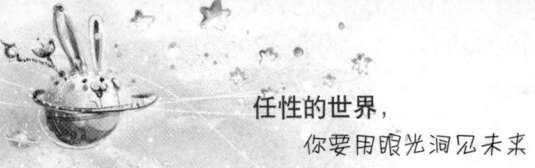

任性的世界，
你要用眼光洞见未来

素时锦爱

高龄父亲与岁月做着最后的抗争，无奈器官功能衰退，身体每况愈下。尤其是老年性便秘深深折磨着他，他又折腾着母亲。母亲见面就跟我唠叨起来，说父亲白天也不到外面溜达，一躺在摇椅上，就呼呼大睡。半夜却将灯开得通亮，哼哼唧唧地磨人，真是前世欠了他的。

母亲这里还没唠叨完，那里老父亲叫开了。母亲边走边说："几天没屙了，肯定又拉了一身。"我随母亲进了房间。果然如此。父亲大声责怪着母亲来得不及时，母亲不作一声，将父亲的裤子脱下，将床边早准备好的水倒在盆里，帮父亲擦洗，又帮他换上干爽的衣服。母亲做得麻利熟练，让我插不上手，最后她还在房间里洒上花露水。我心里想，还有谁比结发老伴服侍得细心周到呢？

其实母亲的性格是极其强悍的。儿时的一幕幕总萦上我心头：强壮得如一头牛的父亲，因戴着"右派"帽子，卑微劳作时常受别人欺负，好强的母亲凭自己根正苗红的出身，想着法子护着父亲。她只能"敲山震虎"，明里呵斥父亲，暗里震慑着他人，好让别人知道她那不能惹的"辣子"性格。久而久之，别人收敛了不少，父亲也习惯了寡言少语、随遇而安的生活。

可如今，父亲的生命在身体中慢慢流逝时，脾气却上来了，而母亲一改强势，依顺着父亲，默默地守着父亲的风烛残年。

辑四
爱的路上，良与善与之偕行

"素时锦爱"这四个字跳进了我的脑际。

母亲生有六个儿女，辛劳一辈子，如今也有七十多岁了。过年回去时，我突然发现母亲的身子就像一张弓，难以直起腰，走路时就像受伤的鸭子，耷拉着翅膀。可母亲听说我要回家过年时，竟将我房间的天花板用新买的条形塑料布钉好，说那楼板缝里的灰再也不会往下掉了。

平常的日子，爱伴行其中，悄无声息，只有生活的异动，才让人感受到这份锦爱。

与妻结婚二十多年，一路走来，磕磕绊绊，有时为事争论，针尖对麦芒，互不相让，彼时面目不乏狰狞，言语不乏恶毒，总是将对方深深伤害。此时，爱就像一个偷懒的家伙遁了形，不知躲在何处逍遥。可就在我生病住院时，妻子一下子变得与往日不同，她始终陪在左右，从她焦急的神情中，我读出了她的深深担心和爱意。尤其在我做切片深度检查时，妻像被人抽了脊梁骨一样，一下子瘫了。在等待的日子里，妻惴惴不安，日渐消瘦。当第三天我被上帝大赦时，她竟喜极而泣。这样过山车似的心理折磨，让我和妻子似乎也明白了许多。

事后妻对我说：平时不觉得，吵吵闹闹的，总认为幸福是跑不了的。一旦幸福摇摇欲坠时，才感觉你在我生命中是如此重要。

我对妻说：这就是一种素时锦爱。

我老家的一对夫妻没有生育，在垃圾堆里捡到了遗弃男婴。那年头日子苦，这对夫妻视孩子如己出，起了个"宝伢"的小名，从此只要有一口饭就不让他饿着，只要有一件衣就不让他冻着。本来日子就那样过着，可就在宝伢七岁时，突然得了重症，口吐白沫，不省人事。夫妻俩急得连夜抱着宝伢到了医院，总算捡了一条命。可没想到的是，宝伢的父亲那晚急急忙忙，不小心摔了一跤，当时没当回事，以为买张膏药贴贴就没事了，等到后来脚竟没有好起来，落得个终身足疾。

宝伢算是争气，考上了中专，分配到了外省工作。他多次试图将父母接到工作地，父母怕拖累儿子的前程，说什么也不离开。眼看父母一天天

任性的世界，
　　你要用眼光洞见未来

　　老去，特别是看见父亲跛着脚的身影，他心里有一种难言的酸楚，他有了回乡尽孝的念头。同事劝道：在这里有你的人脉，提升机会大，回了家一切都得从头开始，这样的跨省调动是从政的忌讳啊……

　　他有过犹豫，但还是递上了请调报告，终于回到家乡当了一个保留副科级的小职员。现在在家乡的田间地头，常看到宝伢扶着他那跛脚的父亲，在夕阳下投下颀长的身影。

　　当然这也是一种素时锦爱。

　　爱，潜行在清素的日子里，常常让人忽略它的存在，即使对爱有着温暖的回忆，也总少了那么一点怦然心动。爱若无形，心乏灵敏。可在不寻常的日子里，爱是那么光彩照人，是那么如花似锦，让人不禁陶醉，吾之素年，谁予锦时；吾之素时，谁予锦爱？

辑四
爱的路上，良与善与之偕行

生命有时如旋转的棉花糖

每晚在超市门口，都会见到一位摆摊的老太。老人七十六岁，满脸的皱纹就像龟裂的榆树皮，但老人一脸安详淡定，笑对顾客时露出的几颗金属镶牙，让人有点儿温暖。

老人守着的是小孩玩的叮咚锤和一个制棉花糖的机子。叮咚锤就是台面下有许多小人儿，只要一露头，玩的人就给它一锤。小孩玩过了瘾，若要吃棉花糖，老人就麻利地在机芯内放进一勺糖，开动机子高速旋转，白砂糖像魔法附体一样，慢慢变成了丝絮状的棉花球。

我每天散步时，经过那儿都会驻足与老人搭讪，总觉得老人稔熟的动作有节奏之美，手下的活儿有魔幻之奇。

可是有一段时间没见到老人了。问到超市的人，说老人的儿子出了车祸。

我心一惊，难道上天非要将灾难降到一人头上？

我知道老人一路走来很不容易。三十多岁得子，两口子乐不可支。可不想儿子患了小儿麻痹症。东寻医，西求药，将本不富裕的家折腾得一贫如洗，丈夫不堪家庭重负自杀了。老人说，那时就像天要塌下来一样。可她还是挺过来了，带着残疾儿艰难度日。

她每天五更起床，到学校门口为学生做糯米团早点，然后将残疾儿送

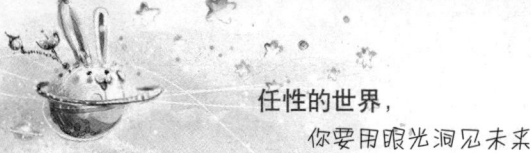

任性的世界，
你要用眼光洞见未来

到小学。就这样年复一年地拼命挣钱养家，让残疾儿读了初中，还学了一门理发的手艺。

俗话说：瘌儿娶娇妻。老人做梦也没想到一位自称父母双亡、投奔亲友而不得的俊美姑娘，竟与自己的残疾儿好上了。老人乐得合不拢嘴，见人就说傻人有傻福。可老人笑开的嘴还未合拢，姑娘将家里的细软洗劫一空，消失得无踪无影。老人多年的心血就这样付诸东流。

"日子刚有点起色，想不到又遭这一劫。"当时老人说话的神情好像是说不相干的人，没有一丝痛楚。但老人从那后，已没有精力起早摸黑地做早点了，而是在超市门口摆了个小摊。

可现在老人儿子又遭遇了车祸，我为这七十多岁的老人担起忧来。

几个月后，我走过超市门口，听到机子呼呼的声音。是她。在昏暗的灯光下，老人招呼着人，熟练地搅着棉花糖。只不过在寒风中老人的脸色显得干瘪无神。我急切地问她儿子情况。她淡淡地说："一条好腿也撞坏了。"我说以为见不着她了。老人说："我也以为自个挺不过来，但一想，人就像这棉花糖机子一样，不死就要转个不停。"

我看到老人说完后，马上又微笑着招呼人，还看到了老人亮闪闪的金属镶牙。世道真不公啊！老人的生活，就像旁边的"叮咚锤"中的小人儿，刚冒点头就被命运的锤子无情地打了下去。可想不到这近八十岁的老人承受力竟如此之强。

我望着老人机子中的一粒粒白砂糖，在高速旋转下，一下子变成一团"棉花"，不由得感叹命运有如旋转的糖，生命形态的变迁，是由不得自己的。你只能以平常、平静的心情去接受它。

离开老人时，我心里也豁亮了许多。

辑四
爱的路上，良与善与之偕行

家是梦绕不过去的点

若要将一个人的行走轨迹完整记录下来的话，可以看出若干条直线或曲线都与一个点发生着联系。

这个"点"，就是我们的家。

谁的人生能离开家？即便是被丢弃的孤儿，也天生对他的出生地有着莫名的亲切感。可家又不是一个长期让人逗留的地方，就像一棵幼苗，小的时候垂落着叶条，依恋着土地，可长大了，就与滋养它的土地和根，慢慢地疏远了，直到叶落而归。

近日读文章，了解到许世友将军早年剃度出家，后来从事革命事业，一生在外漂泊。但在他将死之时，一再写信给中央，请求死后回老家安葬，生不能尽孝，死也要回家，陪在母亲身边。许将军最终得以魂归故里。

人的成长是要离开家的。细想一下，人不过是有着另样血肉的草木，植物需要阳光雨露，人也是一样。人不能总待在可以遮风挡雨的家中，只有走出家门，才有成长的可能。

当年刘邦走出了沛县，离开了小家，让天下成了他刘姓汉家；西汉时的大文学家张翰，无意听了贺循弹曲，就与他同船赴洛阳，悄然离家；陶渊明早年就有"猛志逸四海，骞翮思远翥"的离家之念……家是人迈出去的起点，似乎成了有志向的人挣脱与逃离的地方。

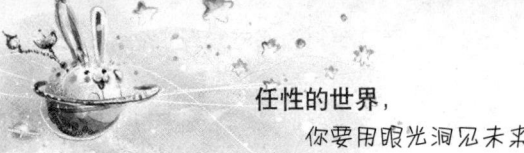

任性的世界，
你要用眼光洞见未来

可人与家之间，就像系着一根无形的橡皮筋，你挣得越远越久，它的拉力就越大。它将思念牢牢系在家的这根桩上，让你的梦境从未脱离家的这个"点"。于是就有了刘邦"威加海内兮归故乡"的豪迈；有了张翰对家中"莼鲈之思"而辞官的洒脱；有了陶渊明归家时"乃瞻衡宇，载欣载奔"的心情……树高千丈，叶落归根。家，不管你得意与疲惫，总是你心灵的栖息地，总是你魂牵梦绕的地方。

生活的本真无非是追梦与寻梦。追梦，是离开家；寻梦，是回归家。"追"是向外奔走，是欲望与生存的逼迫，它与家渐行渐远，似乎越远越能代表什么。"寻"是向内回归，是心理与生活的自觉，它与家越来越近，好像是梦境中的心灵呼唤。

人生是要不断寻梦的。为了自己的前程，你不得不离开家，去外地求学；为了家庭生活，你不得不离开家，去外地打工；为了国家安全，你不得不离开家，去边防站岗……离开家是成长所需，是生活所迫，是使命所驱。但不论你离开家有多远，你总会有回家的那一天，即使命运让你无家可归、有家难归，但你的那颗心，已染上了家乡的泥土色，已注入了祖辈的DNA，你身虽难安，心常归巢。

是啊，你可能失意、孤独，你也可能得意、荣耀，但你的梦，总是老屋旁的稻草垛，总是胡同里的青石板，总是家乡的山水，总是家乡的亲人……家是梦的基点，家是心的磁石。你身在他乡，但心的指针，总指向家。一旦外面的系绳桩放松了羁绊，你身如野马，心如脱兔，片刻也不想在外逗留。在归家的路上，心早就在家里家外徜徉了。

家，是你年轻时代走出去的起点，又是你不断回归的终点。

其实人生就是画圆，起于一点而归于一点。

辑四
爱的路上,良与善与之偕行

一生为他鼓掌

暮色沉沉,华灯初上。我与妻子散步正往回走。

一曲黄梅调从远处渺茫地传来,不绝如缕。随着我们一点点靠近,只见一位身材高大、满头白发的老人,旁若无人地唱着《天仙配》中的"路遇"。他身边的女老人身材娇小,穿着熨帖的紫红衫,走在左侧,边望着他,边鼓着掌。

这样的场景,让人激动,我向两位老人颔首搭讪:"老人家中气十足,唱得好哇。"男老人见我夸他,点了一下头,声音似乎更洪亮了些。女老人向我笑了笑,又转过头去,对男老人说:"唱得好,接着唱,我再给你鼓掌。"说完,啪嗒啪嗒地又拍起了手。

说真话,男老人黄梅戏唱得不咋地,节奏不太准,吐字也不算清晰,还带点口音。相比之下,女老人的鼓掌让人觉得是那么的优雅动人。

夫唱妇随,琴瑟和谐,我想这一生肯定有一些故事的。

我想询问,但又怕打破了他们营造的温情之境,于是悄悄地加快步伐,将甜蜜留给了他们。

不想,别后竟两年才重逢,已不见了那唱戏的男老人。

我问老人:"老爷子哪儿去了?"老人叹了一口气,淡淡地说:"回老家了。"回老家?哦,他是外地人?"走咯——"老人怆然道。我一惊,

任性的世界，
你要用眼光洞见未来

心想男老人气息那么旺，怎么说走就走了呢？

老人见我疑惑，这才给我讲起她家老头子的事来。

原来老爷子是一个退休老干部，北方人，20世纪50年代到南方小城工作，二十多岁的他，因替打成右派的朋友说了一句公道话，他这个非知识分子也被打成了右派。当一些人见到他像见到瘟神一样避之不及时，当时十八九岁的她走到了他的身边。

在那恶劣的政治环境中，许多被划成右派的人精神备受压抑，有的甚至崩溃了，但她家的老头子在她的宽慰与肯定下，对生活没有绝望，日子过得也相对平静。

听到这儿，我对老人肃然起敬了。人生的绝望，大多始于家庭最后一根情感支柱的折损。

老人说："男人承压力有时还不如女人。老爷子的右派日子算熬过来了，可退休时却缓不过气来。"

老人说，老爷子平反后在局里当了一把手，总算过了十多年开心如意的日子。可老爷子退居二线的时候，心里竟排解不开。女老人担心忧郁的日子，即使晴天也过成了阴天，于是就鼓励老爷子参加了"老年戏曲票友会"，总算为老人找了一件打发退休时光的事。

老爷子嗓音虽好，可五音不全。女老人每天就像哄小孩子似的，一边替他叫好，一边给他鼓掌，慢慢地，老爷子在戏曲票友会里唱得有模有样，精神也倍爽了。

"老人家，您真了不起。您总在老爷子最困难的时候去帮他，去为他喝彩。"

"谁说不是？十年前老爷子中风，手脚偏瘫，语言也含糊不清了，我天天帮他做康复运动，不让他丧失生活的信心，结果恢复得相当好。"

我这才想起两年前老爷子那浑厚的声音有些含糊不清的原因了。

"您为老爷子鼓掌，实际就是帮老爷子语言康复？"妻子恍然道。

"那也不全是。他是我家的老头子，我为他鼓掌，不需要理由。"老人

辑四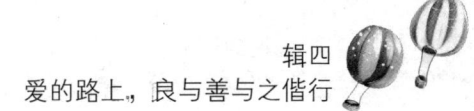
爱的路上，良与善与之偕行

说得异常平静。

夕阳余晖静洒天边，老人的话在我心里泛起了一圈圈涟漪，让我久久不能平静。我在想：人的一生中，总有一个人一直为你鼓掌，你不枉活着；一生中，那一直在为你鼓掌的人，你必须珍惜。

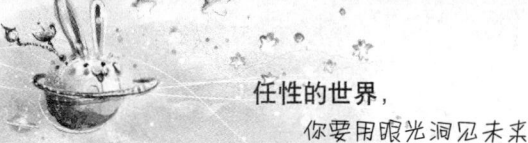

任性的世界，
你要用眼光洞见未来

孝心也有距离

过年后，远在西安工作的弟弟将新房的钥匙交给老爸老妈。从此老爸老妈就过上了城里人的生活。乡下的二弟开车将二老送来时，二老俨然以新房主人身份，客气地招呼着二弟。二弟成了客人，我住在县城，靠二老近些，自然成了半个主人了。

我很早就离开父母，辗转于乡村学校，除了过年过节，很少回家。我是长子，组成小家庭后，重心转移了，母亲曾一度心理失落，对我有些怨言。随着两个弟弟先后像小鸟一样也离开了老窝，母亲才释怀。其实那时的父母年龄不太大，生活完全自个儿打理，不需要儿女什么帮助，无非心里不适，有点嗔怨——讨个媳妇，弃了一个儿。

自从父母渐渐老了，我发现待在外面的儿女，对老人只在过节时那些蜻蜓点水似的关爱已远不够了。他们一袋米要人买，一罐气要人驮，要是遇到生病害灾的，身边就要有人替他们买药找医生。二弟虽分出了家，但路不远，只隔几百米。父母一旦有事，就打电话找他。可我与小弟远水解不了近渴。

就说前年母亲摔了一跤，伤的脚，一躺就是一个多月，二弟与弟妹，靠在边上，端茶捧水，精心伺候着。在外的我们只有在电话里嘘寒问暖，我们想尽孝，无奈不在身边。有时想想若不是二弟在二老身边，不把我那

辑四
爱的路上，良与善与之偕行

长母亲七岁、靠母亲服侍的老父亲急死，就把我们在外人的生活搞得一地鸡毛。

我有时想，人的眼睛水真是往下流，做父母的都巴不得儿女争气，考得远远的，最好到外国留学。可真到了国外，对年迈的父母来说哪是什么福音。我真不知道门口修车的大爷，每天早上喝着在身边的儿子送来的豆浆，与唯一的女儿还在美国打拼的退休老教授，谁的晚年生活更幸福些。

老年生活需要的是实实在在的帮助，仅有问候是不够的。再有钱、再有出息的儿女，距离太远了，孝心就没有了着落。

我与父母居处只隔两里路，他俩一有事就将我和妻子呼来唤去。门开不了，我很快赶去解决；肠胃不好，妻子跑药店将药买到跟前；什么缴水电费啦，什么太阳能不出水啦……反正二老叫我子时去，我们就不会丑时到。

这不，前天二老晚上看电视，看到兴起，没了图像。一个电话打来，我立马与妻子骑车赶去。

按着遥控器，我发现电视闪着雪花，少数台有微弱的信号，断定是有线电视输入线出了问题。我让妻子打着电筒，我爬进房子外面的管道门洞里，发现接头脱落，我接好线头，只听母亲在房子里兴奋地喊："有图像了。"

回到房子里，母亲望着我满头大汗，递给我一杯水，由衷地说了一句："儿媳靠在身边就是福啊！"

妻子不知从哪学来一句话："孝心是有距离的，就是一杯水捧到跟前还未冷却。"

我笑了笑，没有作声，她们未必知道——有父母使唤着，也是做儿子的幸福啊！

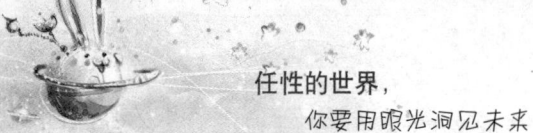

任性的世界，
你要用眼光洞见未来

亲情也经不起疏离

那天在街上碰到二十年前的同事老刘，我问起他那留学美国的儿子，他叹了口气，嘟哝了一句："有啥用，白养了。"

怎么会呢？他儿子那么优秀，美国公民，事业有成。我有些纳闷，问他："出了什么事？"

"那倒没有。"老刘跟我絮叨起来，"人老了，一袋米要人驮上楼，一盒药要人去店里买，儿子那么远，只能靠身边的女儿了……"听完老刘的倾诉，我回想起了往事。老刘有一儿一女，可他与妻子重男轻女观念重，对儿子特别疼爱。儿子要星星，他就不去摘月亮。只要儿子需要，女儿可随时让道。若只有一份好吃的，绝对没有女儿的份。

他儿子喜欢吃鸡胗，他妻子就到处搜罗，然后将鸡胗腌制，晒在墙上一大溜，老刘就隔三岔五大瓶小瓶地往学校送。他儿子倒也聪明，也很争气，考取了名牌大学。本是乐呵呵的事，可他妻子舍不得儿子，终日以泪洗面，好像儿子到远方不回来似的。

命运像与人开玩笑，越舍不得，人走得越远。儿子一走就跨越了太平洋，在美国结婚生子，拥有了绿卡。老刘的妻子更是吃饭不香、睡觉不安。那年头打越洋电话又贵又难，但思念之苦难挨，夫妻俩每周都要到镇上邮局通一次电话。

辑四
爱的路上，良与善与之偕行

"现在联系方便了吧？"我问老刘。"现在少了，通了话也说不了几句，他有他的生活了。"老刘拖着长长的语气有些埋怨，"好多年都没回来了——生疏了——习惯了，寄点钱，我也不稀罕……"

老刘的话说得清汤寡水的。我没想到老刘夫妇原先对待儿子的那份劲，像潮水一样已退到视线尽头。让人感叹亲情也经不起疏离，时间竟能冲淡一切。

这让我想起某明星夫妇，他们有一虎头虎脑的儿子。夫妻离婚后，妻子带着儿子生活。这位离异的父亲，对儿子不管不问，连一面都不愿见。夫妻虽是一纸维系，可父子毕竟一脉相承呀，何况他儿子与他相像得如一个模子倒出来一般。当主持人求证这位父亲真相时，这位父亲居然说："要开始新的生活，就要把原来的一页彻底翻过去，包括不见孩子。"这样的冷漠，令人后脊发凉。虽说离婚让他们父子分居两地，但毕竟同城。不能理解夫妻离婚使父子疏离，竟成了父子之间无法跨越的鸿沟，亲情成了陌路。若说老刘与儿子的疏离，是时间和距离作祟，那么这位明星与儿子的疏离，纯粹是人为绝情。

虽说在一起待久了的亲情未必就浓，也可能因人、因钱、因事，使兄弟阋墙、父子反目，但空间相隔，时间一久，任何好情感也会生出锈迹来。"两情若是久长时，又岂在朝朝暮暮"的诗句，只不过是古人无奈情况下的自我安慰罢了。

任何情感都要用长时间去磨合，要在同空间里去培养。因为情感是很娇弱的，它经不住生活中的风雨，也经不起长时间的疏离。

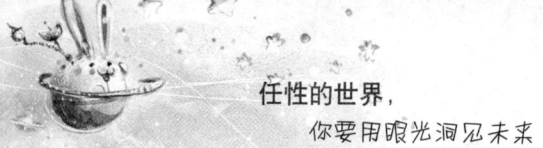

任性的世界，
　　你要用眼光洞见未来

爱在路上，且行且珍惜

　　完整的人生怎能没有爱情。而爱情的获得，确实是个缘分，因为相识、相知、相爱、相守，这中间有许多变故，稍有差池，一个环节出了问题，就可能与爱擦肩而过，或让爱终结。

　　也就是说，通往爱的路上有许多岔口。

　　先是男女成了异性朋友，在一起待久了，慢慢地就有了喜欢。喜欢是爱的最初情感，没有喜欢谈不上爱情。当然喜欢的结果一般有两种情况：一是暗恋；一是大胆表白。暗恋的，苦苦挣扎，痛不欲生，爱一直未说出口，就自我堵了爱的路。表白的也有两条路口，一条是成功之路；一条是失败之路。在失败之路，有人苦苦觅求，纠缠不休，直到心灰意冷；有的决绝放弃，毅然回首，暗自泪流。

　　不管是谁，在爱的路上，"出师未捷身先死"，肯定痛苦。好在时间是减轻痛苦的麻醉剂，久而久之，都会走出爱的苦海。

　　当爱的表白得到首肯时，也只是领了一张爱的路条，至于你持这路条能走多远，这谁也说不清，因为前面的路上依然有许多你不确定的凶险岔口。

　　若你很幸运，进入了恋爱期。这也有三种情况：一是争吵；一是平静；一是结婚。恋人之间的小打小闹，也许是两人相处的调味剂，是磨合时发

辑四
爱的路上，良与善与之偕行

出的一点噪音。但小吵怡性，大吵伤情。若矛盾升级，针尖对麦芒毫不相让，那只能是分道扬镳，形同陌路了，不得不进入爱的岔口。若恋人之间，无话可说，虽相敬如宾，爱平静得如一潭死水，没有一点儿微澜，日久无趣，不是移情别恋，就是黯然分手，爱也慢慢地拐进了另一岔口。

当你好不容易绕过岔口，直达结婚之门时，千万不要以为爱进入了安全通道。在现代夫妻生活中，一张纸对婚姻的约束力已羸弱不堪。婚姻的路上依然危机四伏，岔口林立。你想不到的生活杂碎，如票子、房子、车子、位子、孩子、性子……还有来自外部的，如陨石般不可预测的东西，冲击着你的欲望，搞不好就迫使你行进中的爱，走进岔口。

用马伊琍的话说：恋爱虽易，结婚不易，且行且珍惜。

任性的世界，
你要用眼光洞见未来

爱的妥协

妻子的朋友曾妮与她丈夫为孩子教育的事吵得还没结果，曾妮又为丈夫前女友发来的一条问候短信而吵闹不休。丈夫认为是天大的冤屈，曾妮认为是莫大的委屈。

那天曾妮到我家串门，又与妻子聊起了她与丈夫的一些零星琐碎，数落丈夫像个犟驴。正说着，门铃响起。推开门，原来是我的七十多岁的老母亲站在门口，我那八十岁的老父亲跟在后面的台阶上。从母亲面色看，两人闹了别扭。听说是我的父母，曾妮自然停止了唠叨。妻子将母亲搀住。母亲嘴里还是气呼呼地抛一句："这个老东西，越老越古怪，还乱发气！"

我的父母早已过了金婚。当年我母亲十七岁时，嫁给了我那二十四岁的父亲，据母亲说，外公特意为她选了一个好脾气的丈夫。风风雨雨五十年，母亲对父亲的照顾是无微不至，而父亲也本分地扮演着"妻管严"的角色。

父亲跨进门说："七十多岁的人了，脾气还没改。"二老赌气到我这来已不是第一次了。妻子对付起来是轻车熟路，她将母亲迎上了楼。我让父亲安坐在沙发上。

曾妮不知是对这五十多年的夫妻拌嘴感到好奇，还是自己的倾诉欲还没有得到完全释放，没有一点离开的意思，好像做好架势要听听二老的"战

辑四
爱的路上，良与善与之偕行

争故事"。

父亲说："昨天你母亲出门，把钥匙带走了，说是一会儿回来。哪知我出门有事，足足等了三个小时，她还没回来。说是碰到住在城中带孙子读书的家乡人，到她家串门去了。我在外面碰到她，发了一通脾气。你母亲说，跌了她面子，两天没理我了。"

吵架的双方总是说自己有理，大多即使知道错了，也碍于面子不愿服输。我学着白云对黑土说的话，对老父戏谑着："咋的，要起义？"父亲笑了一下。我知道父亲早就不气了。我对父亲说："你有错，何况你衣食住行全都是老母亲照料有加，再好的保姆也没有老伴贴心啊。"

父亲说："我事后也认为自己大发脾气不对，向她道歉了，可她就是三十不了、四十不休的。"

其实不管对错父亲都是最先妥协者。父亲清楚，母亲个性强，但心眼特好，对父亲的爱是执着的。1957年父亲划为右派到农场劳教，年轻的母亲带着我的大姐，在家足足等了七年。后来父亲回家劳动时，母亲总让父亲多吃一口，就连坐月子时，好吃的都塞进了父亲的嘴中。母亲说是家中有七张嘴"啃"父亲，父亲身体不能垮呀。

"你晓得你妈个性强，要面子，我都让着她。要是针尖对麦芒，互不相让，那家就不得安宁，也早就离婚了。唉，事后想想夫妻俩有什么谁对谁错。"父亲说这话时很平静。

这时在一旁静听的曾妮插了一句："你老怎么就忍得住呢？"老父亲说："记着她的好，让她一些又何妨。"曾妮听后若有所思。

我也陷入了深深思考之中，家庭不是法庭，不需要弄清谁是谁非；夫妻不是对手，也无须争得死去活来。有人强调爱要情趣相投、禀性相同，其实单一的色彩并不一定是一幅好作品。爱的颜色互补可能更和谐。我的二老虽个性迥异，但一路磕磕碰碰地走来也很幸福。从电视剧《金婚》中可知，真正的婚姻难免有锅碗瓢盆的碰撞，正如一篇佳作有起伏段、一首

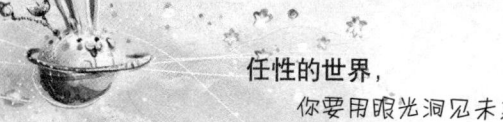

任性的世界，
　　你要用眼光洞见未来

　　乐曲有休止符、一条河流有波澜处。这样的婚姻才是真实的、生动的、长久的。关键是起伏有道、休止有时、波澜有度，这就需要爱的妥协。

　　正想着，妻扶母亲从楼上走下来。我回望父亲在沙发上早已闭目养神，面呈安详了。曾妮说要把我二老的故事讲给丈夫听听。

辑四
爱的路上，良与善与之偕行

有一种爱是索取

没错，爱有时需要索取一点。

妻子三天两头给母亲打电话，一会儿找母亲要点芝麻，说她那芝麻搞得干净，炒的芝麻粉特好吃。一会儿找母亲要点萝卜干，说她的萝卜干吃得嘴里脆香脆香的。我不懂妻子，到菜市场一转，花几个小钱就能买到很多。

我记得在乡下教书时别人若送点什么土产品，妻子一点都不稀罕的，总是拒绝接收。为这事我还与她起了争执。我不是一个贪便宜的人。但我考虑乡里乡亲的，到你家来顺便带几斤花生、几升炒米什么的，无非希望你将他的孩子抓严点，你再怎么不喜欢，也要热情地收下，这不仅是对别人尊重，也免得别人尴尬。记得自那以后，别人送点东西，妻高兴地接下后总要让人带回点什么。可现在我们到了县城，生活条件也好了，妻子却爱占起乡下母亲的小便宜来，今天要这个、明天要那个的。

奇怪的是，妻子的要求母亲总是爽快地应承下来。

说真话，别人都喜欢自己母亲炒的菜，可我是不太喜欢的。想当年初中读书时，母亲用罐头瓶装的菜极容易馊，看到别人的菜油滴滴的，我知道母亲没舍得多放油。她泡制的萝卜干我更是不喜欢吃，切得个头大，看相都不好，不等晒干就草草地装进罐子里，连辣酱也没拌均匀。我一点不怪母亲，一大

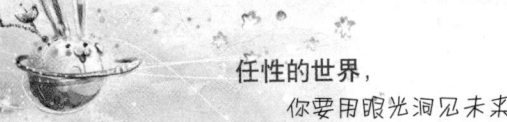

任性的世界，
你要用眼光洞见未来

家子人，生产队里又有"超支"，她必须忙忙碌碌，生活自然过得艰辛且粗糙。以致日子好起来后，母亲还是习惯性地珍惜地过生活。

可现在我竟发现母亲的泡菜与先前有很大的区别。从乡下回来，妻子将母亲泡制的两瓶菜放在了桌子上，一瓶辣椒片，鲜红欲滴；一瓶萝卜干，焦黄养眼。切得细且匀称，腌得好且油多，真是色香味俱佳。我打趣地问妻子：老太太生活怎么越过越精细起来了？

不对呀！好像年前母亲为服侍老爷子心烦意乱的，常常打电话来唠叨。她自己也是这里不如意，那里不舒服，有时还流露出悲观的情绪。记得我给母亲打了个电话劝她多调养自己，多休息。母亲在电话那头所答非所问地说："人老了，不中用了，也不能为儿孙们做什么事啰——"语调缓慢得有点凄凉。不想妻子竟从母亲的话里听出了"画外音"。

妻笑笑说："你们这些做儿子的，都忙着各自的事，哪将老娘放在心上。你们一年到头只是过年过节地回去一两次，老人有了被遗忘的感觉，心里当然失落。老人有的病其实是心理上的，让老人为晚辈做点小事，让他们感觉到我们还离不开他们，对他们是个慰藉。"这时我才想起妻子为什么隔三岔五打电话问母亲讨些小菜什么的，为什么双休日只要没事就催我回乡下了……

难得妻子这份孝心，我做儿子的有些羞愧。我决定在这个双休日回家时，夸夸老母亲的菜是那么的可口，那么令我向往。我也让老父亲讲一段他过往的故事。我会求他说："你的故事是我创作的源泉，你不讲点我可就写不出文章了。"

是啊，爱是给予，是陪伴，是感恩，是帮扶；爱是一席温暖的问候，爱是一种无言的惦记。但爱是细腻情感的表达，从另一路径也可抵达。以索取为借口，让父母感觉到自身存在的价值，不因生活平淡而索然，不因了无牵挂而寡味。索取一点能增添老人的一点生活色彩，索取一点可证明老人爱的能力还在。

索取，有时也是一种爱。

辑四
爱的路上，良与善与之偕行

皋鱼之悔

吉米是我的一个同学。他从小就失去父亲，是母亲一把屎一把尿拉扯大的。在那年月，吉米娘咬着牙硬是将他的姐姐停了学，供他一个人读书，孤儿寡母的带着一双儿女的艰辛是可想而知的。吉米是个聪明懂事的孩子，从小就发誓要出人头地，孝顺他娘。学习上从不让娘操心，考取了名牌大学，而后又顺利地出了国，还给自个儿取了这英文名。

吉米的娘随着儿子离自己越来越远，头上的白发也越来越多，人也慢慢变老了。原先吉米的娘见到我就高兴地直夸儿子，说儿子在外面买了车又买了房，说的时候满脸的笑意。可近几年吉米娘见到我总是唠叨这伢什么时候回来。有一次还在我面前说着说着哭了起来，羡慕我的爹娘八字好，子女靠在身边，生病时有人捧茶倒水。

我知道吉米的母亲身体是越来越糟了。一个人身体出了毛病，心理是相当脆弱的。以前吉米的姐姐也常来照料她娘，无奈路途远，不在身边，怎么做也难以周全。吉米娘是个要强的人，笃信嫁出去的女儿是泼出去的水，执意不到女儿家住。接到儿子越洋问候的电话吉米娘也总是说没事，让娃在外好好干，一放下电话又泪水涟涟。

我看着吉米娘那样心里不是滋味，就从吉米娘那儿要了吉米在美国的住址。我要将我娘给我讲的故事讲给吉米听：……从前有一个娘含辛茹苦

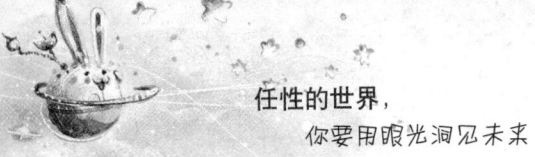

任性的世界，
你要用眼光洞见未来

地把儿子拉扯大，由于对儿子溺爱，儿子脾气非常暴躁。儿子在地里劳作，娘每天送饭，儿子不是说娘送迟了，就是说送早了，不是嫌菜咸了，就是嫌菜淡了，对娘吆三喝四的。一日儿子躺在树下歇乏，看见一只乌鸦正往老鸦嘴中喂食，儿子顿悟，畜生皆知反哺，人怎不善待娘亲？于是发誓一定要孝娘。可就在那一日，娘送饭蹚过的小河洪水暴涨，娘随洪水一道走了……儿子伤心欲绝，同时也悔恨不已，就用木头雕了一个娘，每天揣在怀里，一有空就面对木娘泪流满面。

我在信的末尾写道：吉米，你有孝心，每次总往家寄很多很多钱。但你应懂得古人所言"犬马皆有所养，不敬何以别乎"的道理，你知道吗？你娘近几年身体十分不好，又怕你为她分心，总谎称一切都好，其实你娘心里是多么希望你回来看看她呀！

一周左右的晚上，吉米给我来了一个电话。他说谢谢我，他心里也惦记着娘，可这边一个项目正值关键时期，一时走不脱，等忙过了一定回去。最后还拜托我也跟他娘说说。

我听后无语。人一旦被生活赶上了快车道，那轱辘转得就难以停下；一旦被金钱物质填满了心胸，必然会淡漠了一份情愫，疏忽了一份亲情。尽管我不怀疑吉米的孝心。

吉米娘终于住进了医院，在弥留之际，吉米飞机刚落到上海机场，等到吉米赶到医院时，吉米娘已经走了一个多时辰了。当吉米听说娘在昏迷中还喊着自己的乳名，临走时手心中还攥着自己的照片时，号啕大哭，悲痛不能自已。

我拉起瘫跪在地上的吉米，不禁潸然泪下，人啊，醉后方知酒浓，失去才觉可贵呀！

吉米还是回国了。他说母亲虽然走了，还有亲朋在。前天我刚下班回家，就接到他打来的电话，说他在企业文化培训中才知道，两千多年前，孔子与弟子走在道上，闻哭声甚悲，见到一名叫皋鱼的贤人哭于道旁。孔子劝道："你没有丧事，何哭之悲也？"皋鱼泣曰："树欲静而风不止，

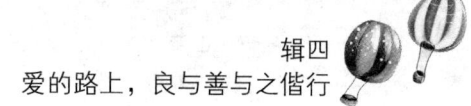

辑四
爱的路上，良与善与之偕行

子欲养而亲不待也。"过往而不可追的，是岁月；离世而不可见到的，是亲人啊。

"我真后悔呀！"电话里听到吉米的哽咽声。

任性的世界，
你要用眼光洞见未来

一张不能送达的汇款单

  他藏着一张汇款单，那是他学生欣雨在报上发表文章的稿费。钱不多，只十元。他不能给她。

  那是秋日里的一天。欣雨到他办公室，怯怯地问："老师，你常有文章发表，钱也挣得不少吧？"他笑笑说："那当然的啰，你文笔不错，也可以写写嘛。"他本想激起她的写作兴趣。哪知一句妄言，让欣雨有了想法。

  欣雨三天两头地写文章发到他的邮箱，在文章前面还写上一句话：真诚希望老师帮她改改，帮她投稿。这当然是好事。学生有这样的积极性，做老师的谁不喜欢呢？

  欣雨是个勤奋好学的孩子。刚入学时他要求学生第一篇周记是介绍家庭情况，他大致知道欣雨的家境很不好，外地到江南落户的，就像贫了根的树，长不茂盛。可喜的是欣雨从小学到初中读书一直很优秀，自然成了这个贫苦家庭的最大慰藉。于是在欣雨考取省示范高中后，欣雨父母毅然决定丢开几亩薄田，到县城打零工，一来提高点家庭收入，二来陪欣雨读书，希望她考取好大学。

  有希望的日子总是甜蜜的。欣雨也不负众望，在班上依然是佼佼者。母亲自然高兴，连不苟言笑身体不好的父亲在咳喘间隙也露出些笑容。

  欣雨的文章《落日遐思》在报上发表了。这是他意料之中的。她文章

辑四

爱的路上，良与善与之偕行

写得情真意切，感人至深。十六岁的年龄要承担比同龄人不知多多少的生活压力：父亲的病不见好转，母亲的脾气越来越暴躁，弟弟的调皮总让她承受着后果，她还要在上早读前帮打工的母亲洗好衣服。

她独自一人面对夕阳，想了很远很远、很多很多。她委屈伤心，泪流满面。可起身回家时，她相信，夕阳落山后，明天将又是一个新的太阳。

多么好的孩子啊！

他将发表的消息告诉了欣雨，她很高兴，急切地问："老师，稿费来没？"他一愣，想这孩子有点与众不同，一般人发表文章最先索要的是报纸样刊，她可好，直奔主题。

他告诉欣雨不会那么快的。可欣雨隔不了几天就问一次，有点像等米下锅时的迫不及待。

他有点不耐烦，但还是笑着对欣雨说："你是怕我匿了你的稿费。写作如耕耘，勤劳有收获。重在练笔啊。"欣雨涨红着脸，木木地点点头，悻然走开了。

一连几天欣雨再也没有催稿费了，只是送来新写的文章，麻烦老师改改再帮她投稿。他接过欣雨的稿子，点了点头，继续批阅学生的周记。

是她的，欣雨的，他合上周记本，再看看封面上的名字，一股心酸，涌上心头。他深深地自责自己愚不可及。一切表象都有掩盖着的真实。欣雨的家庭在暑期发生了重大变故，他竟一无所知。

她那久病不愈的父亲，丢下了治病欠的债务，还是撒手人寰了。母亲伤心欲绝，忧伤成疾，卧病在床。坚强的欣雨毅然用她那稚嫩的双肩挑起了家庭的担子。她洗衣烧饭带弟弟，将家打理得井井有条。上课铃是她在校学习的钟声，放学铃成了她在家做事的信号。

欣雨默默顶着人生的风雨，蹒跚前行，顾着头上的伞，顾不了脚下的路，她淋湿了衣服，瑟瑟发抖。她成绩出现了少有的滑坡。老师责怪，对手白眼。她没有解释，默默流泪，心里却流血。

欣雨说最大的难处是没有收入来源，生活开销全靠亲戚相帮。

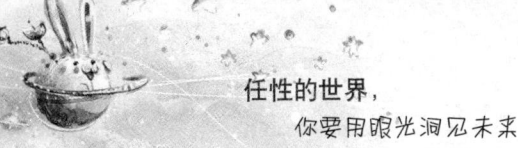

任性的世界，
你要用眼光洞见未来

他这才想到欣雨三番五次地催问稿费的原因了。

可是她哪里知道，当下物价如胡须样往外窜，报刊价格也比以前涨了好多，可稿费就像眉毛一样，不见其长。熬个夜写篇文章赚的稿费还不抵灯火钱。指望它能做到什么事啊。

可他这话能对欣雨讲吗？

他将欣雨的周记看了一遍又一遍，泪水在他的眼眶直打转，心海波涛翻滚，心痛如斧斫刀绞。他脑中迅即想了一个法子，一个不伤害她自尊心的法子。

他掏出了一百元钱，夹在周记本里，在旁边写了一句话：欣雨，这是你挣的稿费！

第二天他收到了报社寄给欣雨的稿费汇款单，十块钱。

后来欣雨的另一篇文章又见报了。他心情轻松了许多。他知道该怎么做了。

辑四
爱的路上，良与善与之偕行

发心，永远不会钙化

当看到文友发的一组照片时，我的心一阵紧缩且有痛感。我庆幸自己的心还没有在物欲横流中完全钙化。

常年穿行在水泥丛林中，看惯了世俗喧嚣，也看淡了人情冷暖，心日渐麻木，对外界事物的感知也就缺乏了灵敏。我曾担心，终有一日，心会钙化成一块顽石，沉入人生河流，没有一点良心的涟漪。

可这组照片似乎有一种魔力，钉住了我的眼球，缠住了我的内心，以致难以呼吸视听。我已经很长时间没有这样的感受了，平静的生活、平凡的日子，已将不羁的心归于厩内，将生活的棱角磨得平滑。

虽说是彩色照片，但色彩灰暗、场景荒凉，照片的小主角拎着破铁盆做的火钵，在寒风中蜷缩着，一身脏破不堪的衣服，挎在瘦弱的躯体上，显得格外肥大。一双生着冻疮如龟爪的手，一双露着脚趾如小船的鞋，一双带有忧郁和期盼的眼……这就是西部某贫困地区小学生的照片。

血漫过心头，泪打湿胸襟，我从电脑前站起来，又坐下；坐下又站起来。我失魂落魄般，不能安宁。文友在论坛中说："大家发点菩提心，给孩子们捐点衣物吧，只要干净的就行。"文友是一位乡村教师，照片是他拍摄的。他说，没有小孩子的衣物，大人的也行，大人有了，可以省钱给小孩子买了。

任性的世界，
你要用眼光洞见未来

我不假思索地在论坛上做了允诺。

我将厨房里烧饭的妻子喊到电脑前，让她看看这些照片。可妻子拿着锅铲，扫了一眼就漠然地转身离开了。吃饭时，我又提起捐衣服的事，妻子淡淡地说："衣服捐过好几次了，早就没得捐了。"我有点不高兴，心想这个女人的发心到哪里去了。

"不还有几件线衣和棉衣吗？"我搜索着记忆说。妻子却告诉我，棉衣有的还不时穿穿，线衣"一针一线也关情"，捐掉有点舍不得。

这样的心情我理解，为了给我与儿子织毛衣，一忙就几星期，将肩周炎和颈椎病都累发了。但想起那一幅幅照片，我脑中就浮现出那些孩子们无助和期盼的眼神。这眼神像一根根芒刺一般，刺得我无处躲藏。我不容置喙地跟妻子说，要么将毛衣拆了重打，要么捐掉！

我越来越胖的身躯，儿子越长越高的个子，毛衣都不能穿了，但我断定妻子对织毛衣已没有了热情。

妻子显然被我给的两难选择难住了，做了妥协。但她竟狡黠地提出了一个要求：这些毛衣是她辛辛苦苦熬夜，一针一线戳起来的，她要搞家庭慈善拍卖。

妻子的心思我清楚，无非惦记着我的小金库。我爽快地答应了。妻子从柜中拿出一件又一件……高领米色毛衣30元，V领蓝毛衣25元，黑线裤10元……妻子出价显然不高，但我还是与她讨价还价，最后我出了300元钱，从妻子手里买到了十来件衣服。

从快递公司寄好衣物出来，我心情无比轻松。回到家，我像得道高僧一样向妻子讲着道理：人心都是肉做的，但随着岁月的磨砺，一部分磨坚硬了，一部分磨柔软了。坚硬的，百毒不侵；柔软的，心怀恻隐。若人该柔软的那部分钙化了，变硬了，就没有了血脉贲张的功能，也就没有急遽跳动的声音。用佛家话说，你这人就没有了菩提心，也就是没有了"发心"……

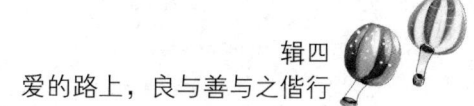

辑四
爱的路上，良与善与之偕行

没等我说完，妻子将一张邮局汇款回执单递到我面前，问道："我心钙化了吗？"

看到回执单上300元的汇款和地址，我激动得拉着妻子的手，深情地说："发心，永远不钙化！"

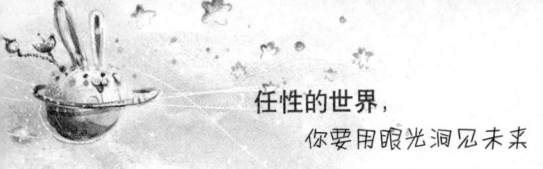

任性的世界，
　　你要用眼光洞见未来

仰望那些少年的坚强

雅安地震，又一次让我们日益疲乏的心，有一丝微颤。

说实话，人类的灾难每天都在上演，长久地闻听他人的痛苦，就像看了电视剧的剧情，有一声短暂的唏嘘，又很快归于平静。是心有麻木？还是心茧过厚？抑或是现实世界中，有许多成人在作秀，将原本的清朗，搅得浑浊不堪，以致混淆了视听，蒙蔽了心灵？这让人又进入了一个混沌境地。好在这个世界开启心窗的钥匙不止一把，而有一把竟握在我们的孩子——那些少年——中国的少年手中。

我无比激动地感激这些孩子们，这些在灾难面前无比坚强的孩子们——是你们的行为，唤醒了他人；是你们的微笑，美丽了人间。

她是一个四五岁的小孩，头上裹着一层厚厚的纱布，粉红色的外套和连衣帽上沾满了血污，瘦小的身躯看起来是如此弱不禁风。这个小女孩本应该在突如其来的地震中惊慌失措、号啕大哭，但她却在帮助自己的交警面前，始终保持着淡淡的微笑……让救助她的交警为之动容，让国人为之赞美。地震无情，但小女孩挂着泪珠而如此温馨的一笑，让感慨不幸的人们，顿时坚强无比。网友"随梦而梦 Ly"在微博中这样形容自己的感受："你一笑便是整个沧海，美了这个人间！"

辑四
爱的路上,良与善与之偕行

这个小女孩,我不知道她的名字,但照片上伤势与微笑的反差,让我们记住了她是雅安、四川、中国的一个少年。

这让人想起五年前的汶川地震,少年郎铮,被武警从废墟救出。躺在担架上,他满面灰尘,满脸倦容,却意外地向施救他的军人们敬了一个少先队队礼。多么可爱的孩子啊,过度的心理惊吓、过度的生理消耗,折磨着人的意志,一般情况下,大人都难以自持,可他幼小的心田中,种上的感恩之苗,勃然生发。一个抬手,竟挥去了人们心头的阴霾;一个微笑,竟让救援之地有了一缕阳光。

小林浩,也是汶川地震中的小英雄。他年仅9岁,地震发生时,他逃了出来。可得知有同学被埋在教室时,他两次从废墟中背出同学,交给了校长。当记者采访他时,他淡然地说:我将昏迷的学生背了出来,交给了校长,校长交给她妈妈带走了。然后又进去背出一个同学交给了校长……记者问:你受伤了怎么背?林浩说:开始我没有受伤,我是背他们时,手臂才受伤的。至今我还记得小林浩在电视镜头前的天真顽皮样。虽然社会对少年犯险救人不提倡,但小林浩实实在在地在最危险的时候救过好几条人命。我不禁思考少年的无惧,是无邪的天性?还是一种少年的英勇精神?

"每一次都在徘徊孤单中坚强,每一次就算很受伤也不闪泪光,我知道,我一直有双隐形的翅膀……"少年英雄,英雄少年,肯定也有一双隐形的翅膀,让他们在灾难面前显得那么坚强。哪怕自己付出很多很多。在雅安地震中,就有这样一对姐弟,也是留守儿童,跟着爷爷生活。20日早晨,姐弟起来倒垃圾,被倒下的房子砸中。关键时刻,12岁的姐姐扑向两岁的弟弟,保护他……弟弟得救了,姐姐却被砸成重伤……"人性总是自私的",这句话不知成了多少成年人犯错的借口。可面对12岁的少年舍身救弟的无畏壮举,闪耀着的人性光辉,让我们羞愧无语。

自古英雄出少年,但岁月暗淡了背影,时光湮没了心房。今天在灾难面前,

任性的世界，
　　你要用眼光洞见未来

少年们在众多感动中，又开出了一朵朵坚强花朵，让人看到了中华之希望。

回溯那些少年的坚强，犹如立在我心中的一座丰碑，我不得不抬首仰望；回想那些少年的坚强，有时让大人都自惭形秽，我不得不低头思量。

辑四

爱的路上，良与善与之偕行

行善的声音

那天早上飘着小雪，我穿着新买的羽绒服与妻子一道买菜。菜市场里人声鼎沸，一点冷意被讨价还价的声音吵得无影无踪。

"是现在的冬天不冷，还是温度预报有误。"我与妻子拎着买好的菜谈谈笑笑地走出菜市场。"咣当"，这金属撞击声太熟悉了。硬币丢在搪瓷碗中，弹起、滚落、停当的声音。我条件反射地扭头一看，菜市场门边摆着一个黑不溜秋的碗，碗中有一些硬币和几张毛票。一个黑黢黢的小孩盘坐在碗后。细一看，这哪是盘坐，他本身就没有脚，上身与一截大腿落在自制的滑轮板上。

人们急匆匆地走着，向小孩投以同情的目光，同时也将硬币投向了小瓷碗里。不时的"咣当、咣当"，这行善的声音，在这个雪天里，竟成了一曲温暖的乐音。

说真话，乞讨者，鱼龙混杂。有背着书包、一袭学生打扮的求助者，将学生证摆在地上，一块白布写着一行行让人落泪的文字。你看他清纯的面庞、哀婉的面容，恻隐之心顿生。有直挺挺地躺在街边，捂着被子，旁边坐着一人，泪水涟涟地说无钱医病，危在旦夕，让人不得不解囊相助。可是转至街头的另一处，又见同样的装束、同样的苦难。你的行善之心常常被这些残酷的现实搞得狼狈不堪。

任性的世界，
你要用眼光洞见未来

　　常穿行在大街小巷之中，有时碰到抱着孩子，说有疾病要治的，我望着他们，仿佛看到了欺诈的眼神；拎着包说自己是哪儿哪儿的丢了钱包，只要几块钱打个电话，我听着像童话故事；至于坐在路牙子上，摆着一个碗的乞讨者，我也别过脸，不予理睬。总之，那带着哭腔的乞讨声和接受施舍后的感激声，激不起我半点善念。我的善心像被漫天的雪掩藏了一样。直到后来才改变。

　　那年夏天我出差到省城，随着滚滚人流，挤下火车，才发现拎在手上的手包被别人开膛破肚了，现钞、卡、身份证，还有手机都不翼而飞，我急得如热锅上的蚂蚁，不知如何是好。在省城我举目无亲，否则打个电话，也可解燃眉之急。可衣冠楚楚的别人能信吗？我来不及思考这些，打量着从我身边匆匆走过的人流，期盼找到一点熟悉的面孔。可事情就那么奇怪，无事处处碰熟人，有事不见半张脸。

　　定下神后，我试图寻求他人帮助。不想遇到的情况，就是我对待他人一幕的重演。"骗人的吧？！""哼，编，也编高明点嘛。""大老爷们不自食其力……"搞得我灰头土脸的，好不尴尬。我是真的无奈呀。可谁信呢？就像我不信他人一样。

　　我不得不反思我先前的态度。行骗者总是模仿现实的苦难来行骗的。尽管有凭乞讨来致富者，也有被团伙组织逼迫乞讨的，但求助的也有真正遭不测之难的。倘若因为怕被骗，真正遭难的得不到帮助，不就冷了人心吗？记得普劳图斯说过，"我本想行善"这句话毫无意义，除非切实去做。是的，本想行善，只怕被骗，这普遍的设防心态，让原想行善者，徘徊不定，以至终止善行。行善，求个安心。只要没有足够的理由判断真伪，我都要摸出零钱，丢在碗中。以至于后来喜欢听这"行善"的声音。哪怕听到路那边有"咣当、咣当"的声音，我像被磁石吸过去一样，不能自已地赶过去。当我完成了那一系列动作时，我觉得自个儿特优雅、特爷们，也特安心。

　　雪还在飘着，残疾小孩瑟瑟地缩在旁边，不停地对丢钱的行人说感激的话。我从羽绒服里掏出好几枚带着我体温的一元硬币，一枚一枚地放进

辑四
爱的路上，良与善与之偕行

残疾儿的搪瓷碗中。"咣当、咣当……"我要让这行善的声音，响得更久，传得更远。

冬天不寒冷，是因为你享着羽绒服里春天般的温暖。那些风雪中挨冻的，需要你的善行，给人添点暖意。

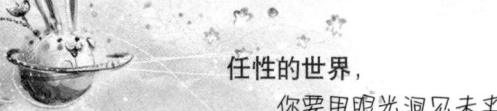

任性的世界，
　　你要用眼光洞见未来

相聚是一首歌

　　十六年前我们都在同一所学校，我是老师，你们是学生。十六年后，我仍是老师，你们早不是学生了。十六年前我没教过你们，因为我从没给你们上过课，但我又教过你们，因为在全校晨会上常弹"老调"，要求你们做一个有益于社会的人。今天看来，你们做到了。我很高兴，真的！

　　岁月催人老，同学不少年。十六年是漫长的，老师的工作环境已有了多次变迁，同学们已没有了天真稚颜；十六年是短暂的，老师不知不觉已霜染两鬓，同学们出外打拼已过了而立年龄。

　　谁说岁月不是一支蘸满白釉的笔？谁说时间不是一把冷酷无形的刀？所以大家要倍加珍惜。珍惜时光，珍惜友情，珍惜所有。

　　回首曾经的花样年华，无论是有过懵懂的快乐还是青涩的痛苦，早已湮没在岁月之中。当我的手与你们的手握在一起时，十六年前的瞬间一一闪现，最终绽放的都是欢聚的笑颜。

　　十六年前，你们就像一株幼苗，等待着老师的浇灌。这期间也许有美好的记忆，也许有痛苦的经历，但这都是成长的一部分，也是生命的必须。刚才有个同学说，他曾经是那么的调皮，但语文老师没有放弃他，在一次有奖问答中，他得了个第一。这个第一温暖着他的一生。还有个同学说，他犯了错，当主任的我将他的耳朵拧着训斥，至今记忆犹新。

辑四
爱的路上，良与善与之偕行

是啊！成长中怎能一帆风顺呢？表扬让你有自信，批评让你能自醒，一棵小树，要有春风化雨的温润土壤，也要有暴风骤雨的严酷环境，只有这样的经历才能 hold 住生活的压力，才具百折不挠的精神。

刚才听云菊介绍，你们在各自行业中都小有成就。这不得不让我再次对教育做个思考，学校就是将你安全地送过一座桥，过了这个桥，通往人生的路就有着千万条。当然有的同学认为自己还不算太成功。不要紧！人生的路上，有时是丽日阳光，有时也会有风雨阴霾；在路上有收获的喜悦，肯定也有打拼的泪水。但只要走在路上，就有成功的那一天。

追求财富不是人生的唯一目标，当你们埋头前行，奋力打拼时，趁着春节假期举行了今天的聚会，足以说明你们也会追求内心所需。不错，当物质丰富的时候，我们不能让精神贫乏，让文化荒芜。我们要经常检视自己，看看在前行的路上，是否忽略了内心，忽略了亲情、爱情和友情。

今天同学相聚，至少说明你们没有忘记友情。人们说世上有三种友情最铁，那就是一块扛过枪的战友情、一块同过窗的同学情，一块下过乡的患难情。这种情没有贫富之分，没有尊卑之别。但现实的生活，让你们还是有些差别，我希望你们相互帮助，相互提携，大富帮小富，小富帮贫困，将每个人的生活都过成一朵花。

相聚是一首歌，这歌声里，没有忧伤，没有痛苦，只有欢乐，只有祝福。

最后我要模仿范伟说一句：十六年前我们相聚，"缘分啊"！十六年后我们重逢，"谢谢啊"！

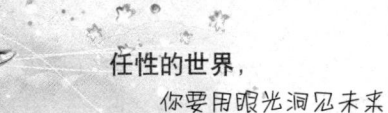

任性的世界，
你要用眼光洞见未来

父亲在左，母亲在右

与妻子正商量着要回老家一趟，老娘就来电话了。

电话是打给妻子的，隐隐约约听到母亲的唠叨如往常一样："……他几天没解手了，吵死人……我埋怨他几句，他不高兴，说要到你那儿。"

妻子说："要么，你俩到我家住一段时间？"

父亲八十有四了，除了眼睛耳朵尚灵光之外，其余的器官都不时地怠工，尤其是肠胃功能更虚弱。用我那七十七岁母亲的话说："他吃的时候不知饱，厕的时候不知晓。"母亲被折腾得直叹气：不知前世作了什么孽，刚换的衣服又搞得一团糟。

其实我与妻子回老家过年时，就尝过这"辣威"，也知道母亲的不易，就想趁暑假让二老到我这儿住住，让老母亲歇口气。

可母亲说，家里老屋正找人翻修，来不了，让我们先把老爷子接来。我有些担心，老爷子一向都是母亲的小尾巴，从未一个人在外留宿过，行吗？

我回拨了电话，只听老父亲支支吾吾地说："……你姆妈也不开空调……我几天没大便了……快点接我……我行。"

父亲真的接来了。

"凉快吧？"我对刚进门的父亲说。他乌青的脸垮得像一堵老墙："光

辑四
爱的路上，良与善与之偕行

凉有啥用，我憋得要死了。"

妻子笑着从包里拿出通便器递给我。我一边劝父亲别急，一边将通便器灌水加压⋯⋯

算是有点效果，父亲说好多了。可他在客厅里还没坐一会儿，底下就决了堤似的。我连忙将父亲扶到卫生间，那一路撒的，就像农人点的一垛垛"火粪"⋯⋯

父亲终于舒服了，脸也泛了一丝红润。可我清理秽物后，那个难闻的味，到第二天还残存在鼻息里。可我临时做的事，是母亲经常做的。没有母亲，父亲的晚年生活哪有这样。

晚上空调间凉悠悠的，可父亲睡到半夜小便时，下意识地喊着母亲名字。

第二天早上，他起得特别早，郁着一张脸坐在沙发上。我问他："哪里不舒服？睡得不好？吃得不好？"

他答非所问："⋯⋯没事啊⋯⋯我怎么啦，想不起来了⋯⋯我好像什么东西丢了⋯⋯"

"你有什么东西丢？一天到晚待在空调间里也没走。"

"不对，怎么回事啊⋯⋯唉⋯⋯唉⋯⋯桃之呢⋯⋯头昏了⋯⋯你姆妈哪去了？"

父亲犯糊涂了，语无伦次的。

妻子问："你是不是想老伴桃之了？"父亲说："我脑中尽是你姆妈打麻将不和牌⋯⋯不行，桃之哪去了？⋯⋯哦，她在家。"

妻子拨通母亲的电话，递给父亲。"桃之啊？你不来啊？我要回去，我想你！"怪事，一声"桃之"喊着，父亲顿时清醒了不少。

我与妻相视而笑。木讷的父亲一生也没说过这样"肉麻"的话，吵着要离开母亲，结果还不到一天就"投降"了。

"桃之啊，我回去后，我要你开空调你就得开，要像儿子这里一样。"我听后好笑。在外只待一夜就不能自持，哪有"要挟"的筹码？

任性的世界，
　　你要用眼光洞见未来

　　"好，我开着。你就让儿子把你送回来吧。"想不到母亲答得如此的爽快。

　　妻子说："看样子，母亲嘴上说烦，老爷子不在家她也不习惯了。"

　　是啊，有人说，夫行妇从，一个"从"字，是年轻时夫妻二人亦步亦趋的状态。可老了老了，这两个人就慢慢重合成了一个"人"，你需要我支撑，我需要你慰藉，你成了左边的一"撇"，我成了右边一"捺"。

辑五

透视众生，用另一只眼和另一颗心

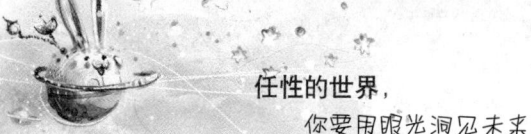

任性的世界，
　　你要用眼光洞见未来

庄子眼中爱的三重境界

《庄子·大宗师》中说："泉涸，鱼相与处于陆，相呴以湿，相濡以沫，不如相忘于江湖。与其誉尧而非桀也，不如两忘而化其道。"我认为，庄子眼中的爱，有三重境界。

第一重境界是"相濡以沫"。就像两条鱼活在车辙的水中，眼看水将涸，命将休，这两条鱼为了生存，就相互呴着湿气，滋润着对方。这样的爱情在人类生活中不鲜见，男女双方越是在最为困难的时候，爱情越是牢固不破。想当年卓文君爱上了司马相如，任凭卓文君父母如何反对，他们仍爱得死去活来，最后为爱私奔，跟司马相如过起了当垆卖酒、患难与共的苦日子。其实有爱的日子谈不上苦。虽说贫贱夫妻百事哀，但无数事实证明，夫妻二人在艰难岁月，相携相扶，"相呴以湿，相濡以沫"，感情愈发深厚。这样的爱情就像在苦咸水中浸泡的菜，虽少了点新鲜色，但其保持久远，嚼劲十足。

爱的第二重境界，就是"相忘于江湖"。也就是人们常说的，有一种爱叫放手。当爱成了一方的累赘，能做到为爱舍弃，确实需要一定的勇气。当爱情遭遇干涸时，需要相濡以沫，但这毕竟难持久，只有等待潮汐的到来，归于江湖，才能永葆其爱。庄子与其妻穷困潦倒，一日三餐难以为继，妻子叫庄子去找监河侯借粮。监河侯许诺秋后再借。庄子说这是远水不解近渴，就郁郁地回到家中，心想与妻子像困在车辙里的鲫鱼一样相呴以湿的过日子，还不如爱到放手。于是庄子休掉了妻子，让妻子嫁到了富家，过上了幸福的日子。

当然相忘于江湖，不是彼此离心离德，形同陌路，没爱就决绝地转身。那种厌旧爱、求新欢的"相忘"，更不是庄子所说的爱的境界。相忘于江湖，不是背叛，而是为了爱。就像俄罗斯总统普京，与他结婚二十多年的妻子平静地分手，是因为他的妻子不喜欢抛头露面，不习惯普京的工作节奏，这种"相忘于江湖"，是一种理解，是一种成全。

爱的第三重境界应是"相扶到老"。爱到地老天荒，爱到白发苍苍，爱到海枯石烂，爱到熹微晨光……庄子说："与其誉尧而非桀也，不如两忘而化其道。"也就是说，尧的圣明也好，桀的昏聩也罢，不如两忘，而归于一种"道"。恕我别裁：此"道"，作为君主，是为君之道。作为爱情，我想就是和谐之道吧。茫茫人海相识难，相扶到老更不易。相爱简单，相处太难。夫妻几十年演奏着锅碗瓢盆交响曲，哪能不出现几个杂音错符。也许你是对的，也许我是错的。可家庭中夫妻的对与错，哪能分得清清楚楚、明明白白。

好的夫妻，莫不是你让着我、我呵着你，即使偶有风雨雷电，转眼又是一晴天。对错两相忘，爱情弥久长。这种境界，谁不期待？

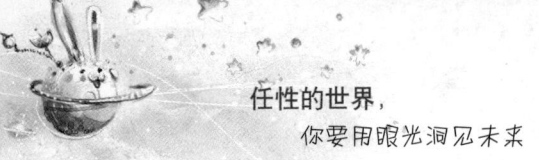

任性的世界，
你要用眼光洞见未来

美人靠上好读书

空巢家庭的生活简单而又乏味。

说其简单，是因为子女上了大学，那望子成龙的压力一下子从肩上卸了下来。刚开始显得相当轻松快乐。说其乏味，是因为时间一久，心疲身乏，不知道哪里出了问题，生活总不是滋味。

忙时烦躁，闲时发慌。妻子说一天到晚陀螺似的转着，有时也有些烦，可充充实实的，还真没有时间让自己不高兴。自从儿子像小鸟一样离窝飞走了，做父母的心虽有了一份牵挂，但这份牵挂因路途遥远不及而没有了着落，致使你的心总是空落落的。空巢家庭的父母哪个手上不是拽着根断线风筝的线头。

毕淑敏在谈幸福时说过，生活本身没有什么意义，如何让自己的生活有意义，才是人生的意义所在。简单生活已然，但不能让乏味紧随其后。将简单生活充实化，将乏味生活趣味化，安排好工作八小时之外，让生活富有色彩，是走出空巢失落心理的唯一途径。于是我与妻子达成了初步计划：傍晚快步走，看书在饭后，妻学养生经，我写豆腐文。

规律化的生活定格成一幅幅场景。我每当归来，总看见妻子手里捧着一本书，在布艺沙发的躺卧处斜靠着。我这沙发虽没有欧式的那样富丽堂皇，但还是让我想起古代西方富家女子，在那用铜钉镶边的"美人靠"上

辑五

透视众生，用另一只眼和另一颗心

慵懒卧眠的图景。有时一本书就掉落在卧榻旁边，显得那样的安详、富态、知礼、高贵。我与妻开玩笑说，椅上端坐难持久，美人靠上好看书。听我这一说，妻乐得合不拢嘴。

其实躺着读书的大有人在。楮冠（鲁迅笔名）在《书苑折枝》一文中说："余颇懒，常卧阅杂书，或意有所会，虑其遗忘，亦慵于抄写，但偶夹一纸条以识之。"作家陈村更是提倡"躺着读书，站着做人"，并在《躺着读书》中写一个书友："他睡单人床，床边有书两排，贴墙而起，自床头伸至床脚。我在他床上躺过一躺，平平卧起，放出右手，就像身边长着一棵书的树，任采任摘。"

妻的美人靠边也是书堆如山，伸手所及如"采采卷耳"。我调侃说，美人靠上靠的不一定是美人哦。妻瞋视一下，扭头看书，对我不理不睬。

简单的生活就这样有意识地掀起了一点波澜，也就有了一点小小趣味。

妻说我是嫉妒她有一好地方看书。我不否认。我电脑椅子上的薄海绵，在我的重压下，早已与底下的面板"同流合污"了。若腰酸背痛时，转坐至沙发前，那九十度的靠背，还是让我正襟危坐。我于是在网上淘了一把流行躺椅。

这把椅子是按人体曲线设计的，椅背的角度可以任意调节，椅边还配有一杯托。看书时我先调好角度，泡一杯香茗放在旁边。身子陷在椅中，如婴儿卧在母腹，缕缕茶香伴着书香飘进鼻息，让灵魂不觉轻盈起来。

我再侧望妻子那美人靠，不能调节，躺着总是一个姿势，难怪妻常在上面翻挪不歇。是啊，保持任何一种姿态，时间一长都是惩罚。就像任何一种生活或工作状态，不做适度调整，就会倦怠一样。

妻瞅我不在时，也往我那椅子上一躺，嘴里还戏谑一句：我也享受享受这"靓仔椅"。然后妻又冲着书房大声说：这靓仔椅平时躺的，是不是个真正的靓仔啊。你看这女人，报复得这么快。

空巢家庭，两人世界，读书逗趣，妙趣横生。真所谓：空巢家庭应有术，乏味生活找乐趣。靓仔椅上品茶香，美人靠上好读书。

任性的世界，
你要用眼光洞见未来

人生的三叶草

在爱尔兰，每年的圣巴特里克节上，每个人都要戴上一个三叶草花球。据说，圣巴特里克曾以一片三叶草向崇尚自由的爱尔兰人讲解三位一体。也许它赋予三叶草的意义很多，但德鲁伊特赋予三叶草与今天相同的意义了，那就是——幸福。

三叶草，三瓣叶子就是一个心的形状，叶心被浅色隔开，如梦幻一般又成了一个心形。一切从"心"出发的三叶草，组成了一个完整的生命体，让我联想到时下人们已被物质挤变形了的心。

当日子磨蚀着年龄，你可能功成名就，也可能腰缠万贯。当你拥有香车宝马时，你的快乐可能随着车子的烤漆一起慢慢变成了暗色。你享有的就像茫茫宇宙中的悬浮物，在心中没有着落点。只有"亲情、爱情、友情"才能充实你的内心，使你心有坚实的皈依。就如三叶草支撑着它蓬勃而精彩的一生。

"亲情、爱情、友情"就是人生幸福的三叶草。

它的第一片叶是亲情。亲情是无价的，任你权势再大、金钱再多，你是动摇不了你身上的DNA的。当你在人生道路上奋然前行时，你也得将亲情时刻装在心中。打虎亲兄弟，上阵父子兵，亲情的力量是谁也替代不了的。

亲情有时就如空气，让人自由顺畅地呼吸，而人往往疏忽了它的存在。

但到"子欲孝而亲不待"时，你内心的自责会如影随形地伴你一生。

人生三叶草的第二片叶是爱情。当下最易变味的是爱情，因为称量爱情的砝码太多。所以爱情总那么或远或近，琢磨不定。尽管爱情有时就如一个狡猾的狐狸，但人生怎能没有爱情？爱情是一把伞，有的人始终如一地遮着风雨骄阳；爱情是一双鞋，有人依四季不同变换着式样。很早一首诗写道，"爱就是相伴走过人生的寒凉"，没有爱就如没有阳光，人只能在冰冷的世界痛苦徘徊。

人生的三叶草的第三片叶是友情。漫漫人生路，岂能无友情。十年寒窗有同学情，几年当兵有战友情，一起工作有同僚情。佛说五百次回眸换得今生的擦肩而过，几年、十几年的相处时间是多少年的修行啊！珍惜友情，你的人生会与众不同。当你事业不顺时，一个电话会让你感激涕零；当你生意失利时，一杯老酒会暖遍全身。朋友的一句话，让你醍醐灌顶；朋友的一拍肩，让你振作精神。人生没有友情，犹如天上没有月亮和星星，有时只能在黑夜里踽踽独行。

在物欲膨胀的今天，若没有"亲情、爱情和友情"的人生三叶草。即使你在其他方面再成功，你的人生也是不尽完美的。

当然，如果人生的三叶草长出幸运的第四片叶子——博爱之情，那么你的人生就会呈现出更靓的生命色彩。

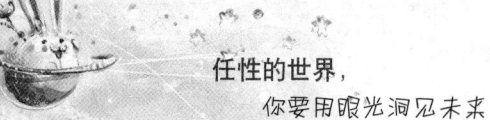

任性的世界，
你要用眼光洞见未来

生命如秋叶，总附一层薄凉

这是那天黄昏我在城郊公路散步时看到的。这是一条刚修好的柏油路，路的一头接着城西边的高速出口，一头伸向城东待拆迁的住户。路卧在郊外就像一条小河静静地绕着小城。这自然成了小城人的休闲好去处。

可时间一长，这条路渐渐地失去了先前的静谧，常常有摩托车呼啸而过、教练车兜来兜去，还有超长的大卡不时停靠在路边。小城逼仄，有了这个相对安静的地方，也只好将就一点了。

我沿着车辙平行线朝前走，讶然发现前方的车辙上躺着毛茸茸的一片黑东西，很是醒目，就像枫树的叶那样，呈放射状伸开。

我紧撵几步，一看，是一只被车压得如一片树叶的鸟。

鸟生如人生，命运也无常。我有些感慨，真的。我发现这只鸟全身黑黑的，翅上有几根白羽毛，黄色的喙，头上小小的黑冠。八哥？对，是八哥。此时我心中掠过一丝悲凉。得人喜欢的小精灵，命丧车轮，成了一片叶样。

生命就在一刹那间变得如此之轻、之薄。血被挤进了大地，肉已成了薄饼，风干后只会像叶儿一样随风飞扬，从此魂飘远方，去追寻飞翔的风光。

八哥，是我最喜欢的鸟，因为它通点人性，除了鹦鹉外，只有八哥能学人说话，那如幼儿的声音，带着俏皮味，常让人捧腹。小孩子常将它与乌鸦混同，其实它翅膀上的几根白羽，就透着人类喜欢的善的光亮。不像

辑五
透视众生，用另一只眼和另一颗心

乌鸦，人们不仅讨厌其从墨中泡过一样的神秘、阴暗，更是讨厌当别人喜事临门时，它无影无踪；当人家遭遇不幸时，总在一旁"哇哇"聒噪，如小人般幸灾乐祸。

我养过八哥，当初着实花了不少精神，确切地说冒了不小的风险。为了得到雏鸟，我和几个小伙伴，爬上了十几米高的大栗树。当我将赤裸的八哥捧回家时，母亲虽责骂了我，但还是帮我找些棉絮，给它保暖。

我精心喂养着八哥。它羽毛一天天长齐，也与我越来越亲。我将它捧在手上，它跳到肩上，你干什么事，它就在你周围转悠。我真有点离不开八哥了，也梦想着有一天八哥会开口说话。

听人说教八哥说话前，要先剪小它的舌头。我有点不忍，想等它长大点再做决定。可没等它长成，在一个夜晚它却命丧猫口。我拿着八哥残留在笼中的一根白羽，竟号啕大哭。我后悔将它关进了笼子。笼中之鸟，有什么本钱与强力抗争呢？

可这只野外生存的八哥，有着灵活的双脚，有着坚实的翅膀，为什么也命丧黄泉呢？

我不禁揣摩起当时的场景来。

莫非它以为这条未开通的马路人们不会开飞车？莫非它以为在"鸟"行道上，司机会鸣笛慢行？莫非它带着儿女，教它们觅食，见车子呼啸而来，它起身飞走，可看到了一小子吓呆了，奋不顾身扑了过去……就这样成了叶儿样的八哥。

我看着叶儿八哥像叶子一样躺在地上，无论怎么揣想，也想不出个头绪。怪八哥吗？它毕竟是鸟，不管如何，它是受害者。可作为人类我们是如何尊重生命、爱护弱者的呢？人类的嚣张行为，有时给人类本身也带来了诸多灾难，何况鸟类？想到这，我不禁为叶儿八哥的宿命找到了一些理由，心中也稍减了一点悲怆。

我用面巾纸将叶儿八哥包好，此时虽如一片落叶，但拾起时不觉其轻，我走向路旁的地头，用脚蹭了一个窝，将八哥放了进去。

窝是浅浅的，泛出的潮气有些薄凉，正好安葬一片薄叶儿样的八哥。

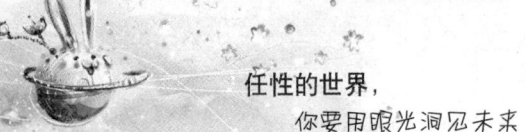

任性的世界，
你要用眼光洞见未来

李清照：最美的"女汉子"

作家梁衡称李清照以女人之身，求人格平等、爱情之尊；以平民之身，思公卿之责，念国家大事；她情超脱于女人，义超脱于平民，是"乱世中的美神"。

美，有阴柔之美，有阳刚之美。阴柔之美，美得如水绕山，让山有了一点含蓄与内敛，少了一点狰狞与峭拔；阳刚之美，美得如山傍水，让水有了一丝灵动与波澜，少了一丝软弱与缠绵。李清照是个女人，是个美丽而温柔的女子，一句"和羞走，倚门回首，却把青梅嗅"，不知让多少女子嫉妒得黯然神伤；一句"蹴罢秋千，起来慵整纤纤手。……薄汗轻衣透"，不知让多少男儿心疼得寸断肝肠。但李清照的"MAN"面，却给她那瘦弱的生命之体，注入了一点阳刚之美。

也许李清照从小受到父亲赋诗侑酒的熏染，也许同宗李白的"斗酒诗百篇"激发了她的想象，她的词作中总氤氲着缕缕酒香。早先与人游玩，常常是"沉醉不知归路，兴尽晚归舟"，她的酒中有乐；到后来与丈夫有了"一种相思，两处闲愁"时，又常常"东篱把酒黄昏后"，她的酒中有愁；再到夫死南渡时，"三杯两盏淡酒，怎敌他晚来风急"，她的酒中有悲。

无论是初为人妇的"闲愁"，还是夫死、家散、国破的"痛楚"，李清照的生活似乎总是以词蒸煮一份孤独，用酒浇化心中块垒。在当时女子中，才气"高绝一时",饮酒无人可比,可谓无妇人拘束之态,有男儿豪爽之气。

我之所以这样说,是因为李清照词中写的愁怨,不只是小女子之情绪,而常有大丈夫之情怀。

我们记得抗金英雄岳飞"待从头,收拾旧山河,朝天阙"的雄心壮志,也熟知辛弃疾"江南游子,将吴钩看了,栏杆拍遍"的痛苦无奈。可谁知一个瘦弱女子内心发出的最强音,并不输给热血男儿。"欲将血泪寄山河,去洒东山一抔土。"为了能收复沦丧的国土,李清照恨不得横刀立马,献出自己的热血与生命。在那样一个封建礼教盛行的社会,种种清规戒律捆绑了女人的手脚,也捆绑了女人的心灵,李清照却挣脱而出,以心抗世,以笔唤天,需要何等之勇气啊!

更难能可贵的是,在那"熟人道义"的文化背景下,即使是丈夫的不耻行为,她也毫不留情地抨击。丈夫赵明诚为建康知府时,遇城中叛乱,竟缒城而逃。这对李清照来说简直是奇耻大辱,她为丈夫没有担当而心灰意冷,在第二年逃亡江西途中,在乌江边激愤地写下了《夏日绝句》:"生当作人杰,死亦为鬼雄,至今思项羽,不肯过江东。"赵明诚自感羞愧,郁郁成疾,后死于上任湖州知事的途中。

不以亲疏论大义,不以家事废国事,这种情怀有时男儿都难以做到。但李清照的这种决绝,无疑又让自己陷入孤独的深处。其实在这乱世,像李清照这样真性情的人,已不能像一根青藤,缠附于一棵大树了,更何况,南宋小朝廷,处在风雨飘摇之中,举目一望,苟延残喘到处有,血性男儿一时无。她无枝可依,只能做一棵树,一棵带点男性荷尔蒙的孤独、激愤且清瘦的树。

李清照是不屈服命运安排的,就像一个独行客,天地任我行,仗剑走天涯。当她冲破重重阻力,与张汝州结婚后,发现了张的虚伪面孔,她不堪忍受,毅然状告张的违法勾当。要知道在当时的三纲五常封建伦理下,妻子揭发丈夫,即使丈夫有罪,做妻子的也要连坐。但李清照是瘦弱身子男儿气,她宁可玉碎,也要结束这不到百天的"瓦片"婚姻。

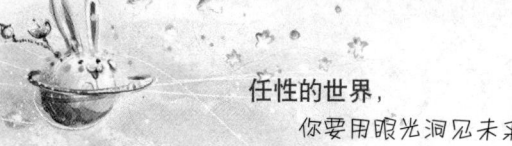

任性的世界，
你要用眼光洞见未来

回望历史长河，不知有多少美女、才女，丰富了我们的眼球，开启了我们的想象，但能集美女、才女于一身，且又有着"MAN"面之美，能给人一种力量的，唯有乱世美神——李清照。

辑五

透视众生，用另一只眼和另一颗心

致歉我的后青春时代

我还没有老到要忏悔的岁数，但也到了反思的年龄了。

将要推开五十岁大门时，儿子已独立在外，我与妻子形影相吊，上班、归家、散步……人生就像婆娑的树，已剪去了枝枝蔓蔓，只剩单调与平静了。

独处的日子多了起来，想起近十年的有些事，不禁让人汗颜，我不得不在我的后青春时代道个歉，不为榨出"皮袍下的小"，而是好让自己能释怀。

我首先对我的鲁莽致歉。在还没有完全搞清楚的情况下，就愤怒地发帖，说"夏立君涉嫌抄袭"。殊不知叫夏立君的有很多人。

那是安徽名家陈所巨写的一篇文章《陶公祠的菊》，在网上的朗诵视频中，竟写着作者为"夏立君"。我再上网详查，网上也有说夏立君是"文抄公"，不过是个女的。我发现事情不妙，就在网上做了更正。这下就伤了真正的名家夏立君了。此君为山东日照人，在散文界颇有名气，高中试卷文本赏析常有他的文章。

被人误读总是一件不舒服的事。夏立君老师给我寄了一本《时间之箭》散文集，里面还夹着一封信："我对抄袭也深恶痛绝，望先生将此事追究到底。"文抄公日没夜行，充斥着文坛网络，我哪有能力追究到底呢。我唯有向夏立君老师致歉，向我四十来岁的鲁莽致歉。

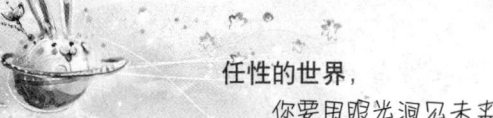

任性的世界，
你要用眼光洞见未来

我对我的张扬致歉。你不能韬光养晦，但也不能不顾及他人心理感受，随口而言，随性所为。客观地说，我的为人真诚、爽气。二十多岁当中学教导主任，三十岁当中学校长，多年的管理角色，让我总能成为一个场合的中心，我也习惯于夸夸其谈，指点江山。可职位变迁，环境不同，却还保持着那么"高调"，实在是我糊涂之举，以致在许多情况下，被人黑了，还找不出因由。

俗话说，在什么山上唱什么歌。人家已没有了仰视的姿态，你还自恋、自负地"光芒四射"，这光芒怎不蜇得人家难受呢？

我的一个文友，在公开场合，将我捧到天上，可在背后却说：我不喜欢与"狠人"在一起。是啊！你的一点优势已逼人了，你还不断地亮出肌肉，你无心地让人"自惭形秽"了，你这张扬就是对人的伤害，就是轻狂。

贝多芬与歌德见大人物有不同的态度。贝多芬表现傲慢，歌德却很谦恭。莫言早先佩服贝多芬，后来反思，认为歌德的行为最为不易。谁人少年不轻狂？可不惑年龄还有傲慢轻狂之举，我唯有致歉。

最后，我为我的虚荣致歉。我虽提倡人要有适当的名利心，也认可"名是荣辱心，利是驱动力"，但我对"名"看得太重。好像自己的成功就活在别人的嘴上。这样做起事来急于求成，对下属、对学生要求就严。其实在让下属、学生取得成绩的同时，主观上也有为自己捞得名誉的想法。为了一个杰出教师称谓，连续申报了三次。从正面说我执着，实际上我是愚蠢，未能洞明人心，未能放下功名。

我还常数数我有多少张荣誉证书，要看看发了多少篇豆腐文章，学生的一分一厘竟还牵动着我的心……如此"痴"业，何以快乐？我应向我的虚荣心致歉。

要致歉的应该说很多很多，但我只能拎出一些，向具体的或泛指的人或事笼统地道个歉。尽管江山易改，本性难移，但我至少在我的后青春时代，勇敢地对自己说了声"不"。

辑五

透视众生，用另一只眼和另一颗心

饮茶与读书

一缕茶香，一瓣书香，文人夫复何求？

茶，清香扑鼻，给你提神醒脑；书，墨香轻飘，让你明理益智。坐在书案前，左手摩一壶，右手捧一书，神思随茶香书香升腾，就有了"御风而行，泠然善也"的忘我之境。

我之所以将茶与书放在一起，不只是人们喜欢读书时饮茶，饮茶时爱读书，实际上这两者脾性相同、神韵相通。

当你将茶叶放到茶具里，冲上开水时，茶叶犹蜷，茶汁尚苦，茶水微浊，喝一口不得其中真味。当冲上第二杯水时，茶叶浮浮沉沉，逐渐舒展，茶汁微浓，轻啜一口，满腹生香。当冲上第三杯水时，茶形完全展开，叶脉一目了然。此时茶水碧绿，如初春枝头嫩芽；茶色清澈，像一块透明翠玉；茶香袅袅，似有若无，似无若有，微闭双目，细啜慢品，妙不可言。故坊间有一说：头道叶子二道茶，三道喝得痒巴巴。到这个时候，你欲罢不能，不来个几杯，不足以解心头之痒。

读书何尝不是如此。

刚刚读书时，如蜷之茶，不得要领，不明其理，迷迷惘惘的，感觉很苦。到再读时，慢慢有些明白，如茶叶缓缓舒展，书中之事、书中之情也能了

任性的世界，
你要用眼光洞见未来

解个七八分，也同时有了"布衣暖，菜根香，书中滋味长"的感觉。可读书要达到举一反三、融会贯通的地步，就如饮三道茶，似佛家仙人。

反过来，读书也如饮茶。读书之始一目十行，走马观花如茶一境；再次诵读略知其义，嚼头十足如茶二境；反复品读彻悟其理，訇然中开如茶三境。

即使是对茶的选择和对书的选择也有相通的地方。

"诗写梅花月，茶煎谷雨春。"清明茶太早，立夏茶又迟，只有谷雨茶其时适中。给我的感觉，清明茶如蒙学读物，浅显而少味；立夏茶如甲骨鼎文，艰深而晦涩。只有谷雨前后的茶叶，脱尽幼年之稚气，没有老年之迂腐，有的是谦谦君子之风、翩翩少年之态。读一本好书，与饮一杯好茶，都是一件让人心旷神怡的事情。

张源在其《茶录》一书中提出茶中有"内蕴之神"，即"元神"，发抒于外者叫作"元体"，两者互依互存，互为表里，不可分割。其实书也是一样，其蕴含的道理，就是书的"元神"，其字词句篇不过是书中精髓的载体，也即"元体"。品茶与读书都是从"元体"入手，而发掘"元神"的。

饮茶与读书的方式也有相似之处。饮茶时大口倾倒谓之牛饮，读书时粗枝大叶谓之吞枣；饮茶时慢斟细酌是品茶，读书时细嚼慢咽是品书；饮茶时讲究程序讲究茶器讲究水质是艺茶，读书时讲究环境讲究心境讲究圈点是研书。饮茶饮得全身通泰飘然如仙是茶道，读书读得全心舒畅视界澄明是书道。

扳倒茶壶就喝是过于口渴，逮到书本就看是打发无聊。书到用时方恨少，茶到品时境界高。从茶马古道中知道茶与马的结合，不过是在贸易中的擦肩而过。茶供羌人解渴消食，马供汉人代步行军，茶不过充当了生活必需品的角色。而茶与书的缘分如武学中的绝代双骄，相惺相惜，相得益彰。

泡一杯茗，目视茶色，口尝茶味，鼻闻茶香，耳听茶涛，手摩茶器，营造了一种清心悦神、超凡脱俗的心境。捧一卷书，目视其行，口诵其声，鼻

辑五
透视众生，用另一只眼和另一颗心

识其香，手翻如帛，胸有千壑，达到超然物外、情致高洁的仙境。在书边品茶，沁人心脾；在茶边品书，甘之如饴。茶道融书道，道法自然，道道相通。

"流华净肌骨，疏瀹涤心源。"是茶之功效，也是书之功效。

任性的世界，
你要用眼光洞见未来

读书是人生的续航力

  人生是一次航程，这个航程不一定要读书。若扯起风帆，飘飘悠悠也可以到达人生的彼岸。但你很吃力，有时还把握得不好。若将你的帆船再配上动力系统，那就是读书。读书会使你人生之舟行得更直、走得更远。

  一段时间，我曾多次享受着牌桌上的激情、酒桌上的酣畅，让几柜的书随着岁月而黄脸枯瘦，就是作为催眠之用的床头枕边书也远离了我的体温。亲之以玩乐，疏之以书卷。我与书真的绝缘了。我不明白读书到底为了什么。我把握不了伟人的"为中华之崛起而读书"的大胸襟，也没有得到"书中自有黄金屋"的好处。一个过于阔大，一个过于功利，搞得人晕头转向，读书自然有倦意。

  随后看到的就是如何读书，首先是古诗词励志篇"三更灯火五更鸡，正是男儿读书时；黑发不知勤学早，白首方悔读书迟"，读书将你的休息时间切了一刀；稍大时知晓了王国维先生的读书三境界，那是"衣带渐宽终不悔，为伊消得人憔悴"，读书又在你身体中抽了一脂。这好，读书让人望而生畏。

  但也不是没有人说过读书的好处。挂在教室冷冰冰墙上的就有培根说的话：读史使人明智，读诗使人聪慧，演算使人精密，哲理使人深刻……但有几人用心来体会过他说的读书之妙。

辑五
透视众生，用另一只眼和另一颗心

读书成了人生食之无味又弃之不甘的鸡肋。二者必居其一：有人丢下笔，拿起砖刀，走向社会，不几年家中有了楼房；有人坚持读书，紧捧书本，几年后家无长物了。人们不禁要问，读书到底为了什么？

这样的反问有时只不过是一种无奈呻吟。农村最朴素的道理是：有田不种仓廪虚，有书不读子孙愚。"戒愚"是最基本的。其实补漏趁天晴，读书趁年轻。即使"百科全书式人物"梁任公，他演讲中大段大段的引用，也还是学生时代的记忆。人到中年记忆成了一块铁板，想划出痕迹来真不容易。这让我又想起了读书与建筑的关系，少年读书就是打基础，青年读书是筑框架砌墙体，中年读书是内部装修，老年读书也就是在外贴贴瓷砖而已。

人生不会总停留在寻求物质阶段，当你物质丰厚时，你的精神家园是需要打理的。当你尝试着一切感官刺激后，你灵魂可能仍然没有皈依。欲望的枝枝蔓蔓，是需要读书这把剪刀来修理的。这样讲还是落了窠臼，同"与书为伴，口齿生香"一样虚缈。

苏东坡曾写过一诗，其中有"读书喜见面，未饮春腹生"一句。把读书的好处讲得既含蓄又浅白。他读书如喝下腹中美酒，暖融融的。这真是"腹有诗书气自华"呀！

这样的好处是喜酒文人的独特感受。国学大师任继愈的爷爷说的读书好处，那才叫一绝。任老小时候对爷爷让他读《三字经》《论语》时，也发过这样的疑问。爷爷让他用乌漆墨黑提煤的篮子去打水，一而再，再而三，忙了一身汗，自然打不到水的。他爷爷让他看看篮子发生了什么变化。任继愈说："篮子变干净了，提手也变光了。"

他爷爷说："读书有时就如篮子提水，看似没有效果，但让你变干净光亮了。"

讲得如此通俗易懂，我还犹豫什么。想想平时的生活，就如计算器上过多而凌乱的演算。我必须将这状态及时归零。我搬掉书桌上的电脑，让它给我腾出一方天地。我修好调光台灯，要将尘封已久的书请将出来。

读书能让人生有些光亮，也让人生之船有了续航力。

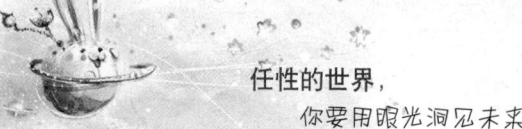

任性的世界，
　　你要用眼光洞见未来

雪是流浪的风景

　　清早拉开窗，外面是一片洁白的世界，让人心生欢喜。

　　早就盼着的一场雪，终于羞羞答答地飘然而至。趁着夜深人静的时候，探进夜色里。雪真是一位漂亮而腼腆的姑娘。我以为没有雪的冬天，不叫冬天。落了雪，心中的一块石头才落了地。于是我找出围巾和帽子，伞也不带，就出了门。

　　外面不是太冷，老街上行人少了，几家门口炉子上水壶，悠然地冒着白汽，无精打采的。小黄狗蜷缩着身子，用鼻子在旁边的垃圾堆里失望地寻找着什么。麻石板像一块硕大的魔术道具，一片片雪花落在上面，瞬间就消失得无影无踪。这被农村人称为"水雪"。水雪的特点是，身子重，飘不起来，像水滴身上包着雪花。其实这是外在的形象。再过几天就立春的时刻，你怎么能指望雪下得那么恣意痛快呢？

　　节令就是大自然发号施令，你扭不过它。而风呀、雨呀、雪呀……就是它的使者。你看寒风一吹，你扣上了扣子；雪花一飘，你披起了大衣；小雨一下，你撑起了伞。总而言之，季节不言，你已有心。与季节抗争，也只是在有限的空间里。当春之门将开的时候，雪不过是象征性地给它暖暖场。

　　雪这个小精灵，在这个时令特别接地气的。不信？你看悬空的桥面上

雪积得很厚，桥头已了无足迹。树枝头上，顶着一朵朵白雪，像朵朵棉花。枝头下面，只有一摊水渍了。总之悬隔着的东西上都有一层雪，如栽菜大棚，如有着残梗剩茎的田地，在它的上面长出一根根青葱样的苗，这种色彩的反差，让人感觉如偌大的一个池塘上，只生长着一支白莲，清新且秀丽，孤傲而独立。

行到尧南桥，独立于岸的洋灰坝，将冰冷的河水与田地隔开，坝上面也积着厚厚一层雪。如今虽是断壁残垣，却有着别样的温馨。当年"洋灰之父"周学熙，嘉惠乡梓，修了全国第一座水泥坝。现在坝的功能丧失了，但周的德善皎皎如雪，定会让小城人内化于心，外化于行。

大雪如善，无不照应。前方车辆上带着故土的景观树，整齐地排在车厢里，它的枝头上也零星地罩着雪，像远行的人，在窗子洞开的车上，披着御风的白头巾。我说，这是雪中待栽的树；妻子说，那是雪中流浪的树。只这一句，悲悯情怀顿生，意境全出。我自叹不如。

为了城市的风景，树从乡村流浪于此，遇到了风雪，竟不知要到何方。望着那纷纷扬扬的雪花，我在想，雪花又从何处流浪于此呢？

哦，雪是流浪的风景。其实谁的人生不流浪。流浪，无非是成就一个梦想。寻到安处，就是美好。

任性的世界，
你要用眼光洞见未来

听雪

  冬日的天气就像一个实诚的孩子，脾性好掌握。预报刚说雪飘过黄河南下，一会儿就飘到了江南。

  下晚自习后才发现白天的小雨，已变成了轻柔的雪花。在昏黄的路灯下，大片大片的雪花飞舞着。亮光之外是漆黑一片，雪就像一个小精灵从黑暗深处钻出，飘进了人们的视线。我扶起羽绒服上的帽子，雪花夹着霰粒在耳边敲着高高低低的声响。我突然想起听雪来。

  听风，风吹树叶；听雨，雨打窗棂；听雷，雷霆万钧。可听雪，有什么样的感受呢？我索性推掉帽子，拎着伞只身走在雪地里，侧耳细听，雪落在行道树常青的叶子上，若万千条蚕在啃食桑叶，窸窸窣窣的，声音紧致而融融，有点温暖，给人感觉如穿着厚厚的冬装笨拙地穿行在瓷器店中，你屏声静气的生怕碰碎一地。

  我长久伫立在冬青树下，路人向我投以诧异的眼光，我不得不撑起手中的伞。顿时响声到了我头顶的一方之地，这是雪落在伞上的声音，如热锅里炒的芝麻，啪啪响个不停，我边走边听。还是决定收起伞，想亲近雪，就应以最大的自然状态去感受雪的纯真，包括它和万物的艳吻。

  我竖起耳，蹲下身，听到了雪的声音是轻柔的，轻得如麦子的拔节声，稍有一点响动，就把它挤得无影无踪；雪的声音又是细碎的，细得如花籽

辑五

透视众生，用另一只眼和另一颗心

落地，让人想起它的发芽与开花。

其实我也只能乘着夜色聊发少年轻狂，作为中年男人，只身踯躅雪地去听雪，肯定是让人非议的。可作为文人，还残存些魏晋之风，我暗自佩服起自己的这一举动来。人本生于自然，可在生活中的人们却努力地超脱着自然，许多时候就像树顶上的叶子，淡忘了脚下的根基，却不知终究是要归根的。

当然听雪绝非我的创意。宋张元干在《夜游宫》词中写道："拥红炉，洒醅间，闻霰雪。"其闻的不就是雪声吗？

莫说，路灯下也有一烤炉在冒着热气和香味，将头包裹得像劫匪似的主人从炉内拿出饼，围在旁边的学生马上抽出拢着的手接过来，又迫不及待地送到嘴里。我从旁而过，竟听到了雪花飘到炉沿上，滋的一声。我引颈而视，雪花钻进了脖子里，我本能地打个寒噤，好像也听到了雪花融在我身体的声音。

雪越下越大了，积雪也越来越厚了，来来往往的人脚下发出咯吱咯吱声，走得是那么的轻盈。这时我突然想起雪的可爱了。若是雨天，踩在这么厚的泥地里，你拔腿不易，移步更难。

雪终于在空中抱成了团，如大块的棉絮从天而降。"夜深烟火尽，霰雪白纷纷。"这时整个世界静悄悄的，雪仍义无反顾地下着，它从容地将自己投进水里，落在雪上，飘在身上，浸入心中……

雪落水中鱼知声，雪落雪上何人闻？即使能听到它的动静，谁又会想到它细微的声波能唤醒沉睡的春雷呢？

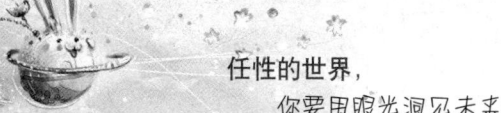

任性的世界，
你要用眼光洞见未来

那支摄魂的哨曲

秋风起凉意，旅人动情思；一曲哨音起，两行泪沾衣。——题记

黄昏时分，我独自回到宾馆，打开电脑，习惯地在文友的园子里徜徉着。刚进包兄的博客，只听得一首口哨曲《梁祝》，吹得如怨如慕，如泣如诉，动人心弦，摄人心魂。

生活的简单与浮躁往往让人只钦羡花朵的鲜艳，却很少有人能静听开花的声音。我那迟钝不敏感的耳膜，遭受了口哨曲的少有冲击，那哨曲就如儿时的黄荆条抽得我皮开肉绽，抽得我失魂落魄。高亢处凄厉尖锐，如云雀划过天际；低音时沉郁回转，若箫笛山涧轻吹；转折处像浅瀑流水，顺石滑下；急促时如画眉争偶，啸声陡起。我陷入了哨曲的汪洋大海之中，不能自已地随声涛音浪起浮。托到浪尖，四周空旷，唯我一人立于浩渺之中；跌入谷底，一片黑暗，犹如陷入孤独无助之境。像这样一半是火焰一半是冰水的煎熬，忧郁又兴奋，刺激而伤神。但我欲罢不能，任凭单曲回放没完没了，直到筋疲力尽。

我听过阿炳二胡曲，曾走进《二泉映月》的忧伤；听过贝多芬的钢琴曲，怎么也没从《第五交响曲》中，听出"命运的敲门声"；我吹过笛子，玩过口琴，那只不过是将简单的流行歌曲反复地低端演绎，曲中情感表达得粗糙不堪，感动不了自己，何以感动他人。只有乐器与人达到完全合一

辑五
透视众生，用另一只眼和另一颗心

的境界，那么从器乐中流淌出来的就不是一杯"忘情水"了。口哨曲不同，它不借助他物，以自身的器官为器乐，再伟大的演奏家也达不到如此的物人合一之境。

技艺高超的口哨曲，用口腔的形状、舌头的位置、气流的强弱，控制着乐音的高低起伏、轻重缓急。可说得容易，做起来难。懂点事起，也背着人学着大人样吹着口哨，"嘘嘘"无力的声响还生怕大人冠以"二流子"的名号。若曲指放进嘴中吹出长啸声，就被人直接称为"流氓哨"了。

其实吹口哨与语言一样，远古人类劳动时，呼出的气流无意间成为啸音，而后就时常被人们用来表情达意。《诗经》曾记载"其歌也啸"，就是说那时唱歌无非是用口哨来吹奏。这样看来吹口哨的历史有记载的就已经两千多年了。西晋文学家成功绥也在其所著的《啸赋》中，称口哨"发妙声于丹唇,激哀音于皓齿"。到了唐朝，口哨音乐盛行，如诗人王维就有诗云："独坐幽篁里,弹琴复长啸。"啸，即吹声也。可惜口哨音乐不知从何时衰落，变成了少儿不宜，只是大人的独有专利。

晨曦拂照，万物苏醒，战士可能吹着口哨走进靶场；夕阳垂暮，天色向晚，农人能吹着口哨欣喜归来。这样的自娱自乐，是人们将生活的乐趣尽情挖掘，口哨吹出了恬静、闲适与自由。难怪张小娴写了一篇文章叫《寻找会吹口哨的男人》，她寻找的是一份内心深处的豁达，也可能是一份男人野性的阳刚。

好的口哨曲能吹出勾人的魅力，它就像神仙的宝瓶，将你的魂魄慢慢收进瓶中。在塞林格的《麦田里的守望者》中，主人公和一个他认为最最讨厌的人同屋住了差不多整整两个月，就是因为那家伙能用口哨吹最地道的爵士歌曲，而且吹得那么好听、那么轻松愉快，直把主人公听得灵魂出窍，改变了对他的初始印象。

口哨是最原生态的音乐，我们何不敞开自己的心灵，吹出自己的哨音，聆听生命的呐喊，感受生命的脉动呢。

一声口哨曲，让人入云端。此时飞翔无需翅膀，哨音的力量让你心在悸动，魂在飞翔。

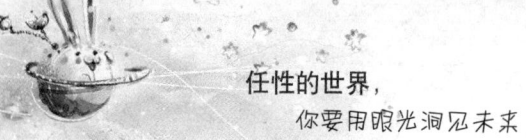

任性的世界，
你要用眼光洞见未来

秋叶，落地成伤

倚窗独坐，秋风薄凉。暗夜一缕斑驳的灯光，映在我的面庞。

白天的一场雨，竟让窗外的蝉声又多了一点生命的忧伤。磨磨叽叽的，已跟不上大妈广场舞的音乐节奏，在路边的草丛下，哀唱季节的轮回、老去的时光。

江南的秋，有时不是看出来的，它需要听。听蝉声由急到徐、由强到弱，你知道秋由远而近、由近而远，像听人的跫音，从青年走到中年，又从中年走向时间深处。当然也可听风中的叶，那"扑扑啪啪"的皮实的声音，是饱汁的夏叶，相知相依。而叶子发出"哗哗啦啦"的声音，那才是干枯的秋意，相怜相惜。"云天收夏色，木叶动秋声"，那微黄、干燥，生命只悬一丝游脉的秋叶，在秋风中的某个时刻，"叭"的一声，成了最后绝响。在清冷小巷，在深许庭院，落地成伤。

秋是一个最让人感伤的季节。伤的是一些生命的枯黄与飘零，感的是又有一些生命充实而饱满。如人之相遇，总有别离之苦，可一旦相识、相知，哪怕不能长相守，也能在生命中寻到一份丰盈与感动，让人不得不珍惜，于人于秋。

《滕王阁序》中的"落霞与孤鹜齐飞，秋水共长天一色"，就是唐王勃之秋。可这秋色，何不是暗蕴着一份忧伤与欢喜？七百里逆流行舟，运来

辑五
透视众生，用另一只眼和另一颗心

风送滕王阁。洪都府满座皆惊，挥毫竟成绝唱文。这种欢喜生命中能有几次？可王勃命途多舛，交趾探父，溺水而亡。让人感叹他从水中来而辉煌，又从水中去而悲怆。

难道硕果满枝，一定要秋叶坠落凋伤？深情厚谊，一定是楚苦弥漫心房？

是啊，一个季节酝酿着另一个季节，秋的萧瑟又怎能离开夏的热烈呢？那苦与辣、酸与甜，本来就是生命的底色。否则哪有"人生若只如初见，何事秋风悲画扇"的慨叹。人生中本来就有着一份青涩伴一份期望，一份收获伴一份忧伤……真实的生活不会是仓央嘉措的诗：什么都在那儿——不离不弃，不悲不喜。

其实江南的秋没有那么悲凉。它与夏就像一对情侣，相依相偎，难分难舍，当你感到一阵凉意时，不知时光如一个断崖，已跌进了冬季，白衣衫替代了鹅黄。鸽哨划过晴空，悠扬萦耳；白云藏进山岫，天朗地清。这样的秋日似乎并不多见，而习以为常的是"潦水尽而寒潭清，烟光凝而暮山紫"，一种朦胧之美演绎着江南秋的况味。它不是郁达夫破壁上牵牛花的蓝朵，倒像林语堂手指间弹下的白烟灰，也如龙应台《目送》时的眼光。有些温度，有些淡然，也有些暧昧，有点凄惶。

但时光的利箭总将一切归于落寞。一层秋雨一层凉，一地落叶一地伤。华年易逝，姹紫嫣红将付与断壁残垣，刻骨铭心也要归于云淡风轻，繁华落尽只能留下满地凋零……

静坐秋夜里，独饮一杯岁月的淡茶，吹奏一曲季节的挽歌，仰首望西楼无声冷月，低眉听清秋亦美亦愁。

品咂秋味，人生一场。不是春光，胜似春光。

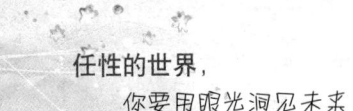

任性的世界，
你要用眼光洞见未来

倾听你的耳语

那天到曼哈顿小区，一进门，就见到与人等身的红色雕像，躬身立在旁边。

他穿着燕尾服，面带微笑，下颌前伸，就像一个憨厚的倾听老人。哦，忘了，最像的是中世纪欧洲公爵家里的老管家，优雅而得体，厚道而谦卑。

朋友小丁老师立马与雕像合影，脸上绽开了一朵花。

我却萌发起了另一番想法：我要当一个耳语者，去配合他的倾听。

照片出来了，我的手遮在他的耳旁，窃窃私语状。他眯着眼，俯耳倾听样。我与雕像这样的交流，就这样被定格成了永恒。

人的交流大多是说与听。可说与听的状态又有所不同。

有话语啰唆、叽叽喳喳的，有要言不烦、惜言如金的，有声如洪钟、粗陋无忌的，有轻声慢言、语带芝兰的……倾听者，有的心如湖泊，静似一池秋水；有的心烦意乱，情如雨打芭蕉……

在天方茶楼，丝竹萦耳，茗香四溢，边喝茶边听一个人的耳语，让人感到特别的惬意。耳语者，神定气闲，犹如"轻拢慢捻"地弹拨着六弦古琴；倾听者，虚怀若谷，好像"俯首帖耳"地聆听着天籁之声。

小丁这位气质高雅的女教师，轻声细语地叙说着自己工作与生活的平凡琐事。学生的青春叛逆，她没有一点怨言；丈夫的事业瓶颈，她没有一

辑五
透视众生，用另一只眼和另一颗心

丝喃语。她以她的爱与宽容化解了一切。她就像一位站在榕树下等孩子吃饭的母亲，在等着孩子走过青涩的年龄；又如一位送人间祝福的圣诞老人，乔扮丈夫的拥趸，巧妙地让丈夫的书画艺术有了精进……

在"戾气"充斥的当下，听她的语言轻似耳语，格外觉得如芝的馨香、兰的清新。也如涧中一泓泉水，汩汩地从石上滑过；如山里一只黄鹂，啾啾地从树梢啭出。

此时我想起了唐代韦应物的《滁州西涧》："独怜幽草涧边生，上有黄鹂深树鸣。"诗人喜爱涧边的幽草，喜爱黄莺在树阴深处啼鸣。这种清丽的色彩与动听的音乐交织成的幽雅景致，谁人不爱？

其实"幽草"与"黄鹂"，就是一个倾听者和耳语者。

耳语，是心情的外化，虽轻柔但能软化一切。《罗马假日》中最打动人的，是安妮公主与布拉雷德在车内的吻别耳语："我现在不得不离开你。我要去那个角落并且转弯。你必须留在车内并且开车走。答应我不要看我走过那个角落。"安妮的活泼与任性，你看后无非是雪地鸿痕，她的温言软语却让布拉雷德爱得坚定，让观众心有烙印。

耳语是平和温柔之状态，倾听是淡泊谦逊之心怀。

试着耳语，化繁为简，化躁为静，化角质为嫩肉，化暴戾为平和。耳语者，将优雅与高贵进行到底。

试着倾听，将心倒空，去倾听一个人的耳语，就如武功强者，将真气源源不断地吸入你的心灵。将心虚化，去倾听人籁，聆听地籁，久而久之，当你的心充满着圣灵时，也能听到空无一物而又充满一切的天籁之音。

倾听你的耳语，你静水流深，我心海澄明。

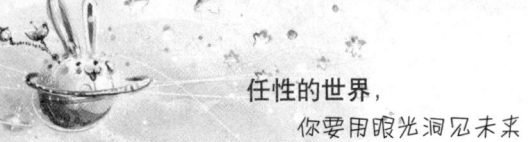

任性的世界，
你要用眼光洞见未来

装相

"装逼"是新近网络流行语。无须细解，大家都心知肚明。其实"装逼"与原来的"装相"意思一样，只不过前者厌恶的成分要重些，后者有一点调侃之味，如说某人的"装"是"鼻子上插大葱——装象（相）"。

在我儿时的记忆中，有一当生产队长的亲戚，在白天四类分子批斗会上，他装得比谁都积极，别人只歇斯底里地喊口号，他却上前扯我父亲头发，痛骂几句，临下台时，还推搡一下。晚上，他却叫老婆带几个鸡蛋悄悄溜到我家，说是给我父亲补补身子。这种"装"是被形势所迫。

等我读书时，从书中看到"装"的，算是张天翼笔下的华威先生了。他整天夹个包，从这个会场转到那个会场，说几句话，就匆匆地离开了，好像哪儿都少不了他。这是官场上的装。他这种装法，依然被许多人效仿。

装是一种表演，在当今形象堪比生命的情况下，"装"的水平，越来越高。贪官装出克己奉公状，在主席台上讲如何如何做人民的公仆，为人民服务，有时还讲得热泪盈眶。可是被揪出时，从家里搜出上千万乃至上亿的人民币，从家外查出养有二奶三奶。文强不是装成反黑斗士吗？结果查出其不仅贪额巨大，而且用各种手段玩女人，气得他老婆将藏在鱼池里的两千万挖出来，交给了警察。

当然还有不法商人装出慈善状，讲自己如何热衷公益事业，如何守法

辑五

透视众生，用另一只眼和另一颗心

经营；无良医生装得拒腐蚀永不沾，送到手中的红包坚决不收；违规教师要装出廉洁从教状……至于到最后演砸的，大白于天下，受审，受罚，让人不齿、痛恨、恶心。

一般是大"装"无形，小"装"丢人。一同事到四十不惑之年，受了点宠幸，脾性长了不少。一次我与之沟通一事，省得引起误会。可他不屑一顾地用那山里普通话一字一顿地说："张老师，我忙……耶……"顿时酸了我半边牙。唉，比总统还忙，我有何言。

从客观上说，有个帽子在头上，有时是要装点。我三十岁边上在一中学当领导，我装得老成状，免得别人觑见我身上的青涩味，好开展工作。可工作了大半辈子，才捞个纸糊的帽儿，你装个啥呢？

这让我想起《杂文报》中的一篇文章《全民"装逼"何时休》来。作者看到一个电视报道，一位浇地的老农，弯腰驼背一脸沧桑，形似鲁迅笔下的"闰土"。但没想到的是，当记者"采访"他的时候，他居然说他通过学习什么理论提高了浇地效率之类的屁话。人混到这个份上了，还学着人家官家去装，这是何等的悲哀呀。

才女蒋方舟曾写过文章说，现代人都装忙，显得自己是个成功人士。这倒是真的，你说当领导的谁敢说不忙而自毁勤政形象。就是普通人也说这样或那样地应酬忙，只有这样在他人眼中才倍儿有面子。难怪有装门面一说了。

生活中"装"与"不装"确实是个问题。"装"有时是一种礼节，是一种修养，或是一种心理需要。人有时不能不"装"，只要不损人，无关紧要，装就装吧。若"装"的下面是自贱自虐，或妄自尊大，或尽是干些损公肥私、损人利己的勾当，这种"装"，令人鄙夷。

任性的世界，
你要用眼光洞见未来

我是一只误入教室里的蝉

天下人都知道，我是喜欢热闹的。越热我就越闹得欢。

别人不知道我闹的原因，说我很自负，一天就"知了、知了"的，其实我是对命运不公的抗争。我在黑暗的土地里，一蛰伏就是四五年，不见天日，没有自由，那种苦，哪是我几句"知了"所能了掉的。不过相比我的远房同宗，北美洲的蝉，我还是幸运许多。它们要在地底下待十七年。为了一季的鸣唱，付出漫长等待的代价。

可等待的结果呢？让我身临酷夏，餐风饮露，栖在枝头，为季节而吼。

有人说我消极，蝉不能总停留在痛苦的回忆之中，抱怨生活是无能的表现。既然走出了黑暗，就应该歌唱光明，感恩拥有。可我总不满意一日复一日的单调乏味生活。

我居住在校园的香樟树上，每天闻着樟树的缕缕清香，享受着它的丝丝阴凉，在学生们诵读结束后，我才磨磨蹭蹭起床亮亮嗓子。

说真的，我不知道学生们起得这么早，扯着嗓子哇啦哇啦地读着什么。但我判断他们不会像我一样宣泄痛苦，而是感恩幸福。你看在那么大的房子里，日不晒、雨不淋的。哪像我们，不光遭受风吹雨打，而且气温越高，我们越要当值唱歌。我羡慕起学生的生活来。

辑五

透视众生，用另一只眼和另一颗心

　　心生羡慕，就有了打探的好奇心，可就是这个好奇心，让我险些丧了性命。

　　我是个没心没肺的蝉，白天叫闹，晚上睡觉。可那天燥热难耐，睡到半夜醒了，竟然发现教室里还是灯火辉煌。

　　我于是悄悄地飞向教室，想探个究竟。我靠在窗子边上，向内张望，看到有的学生眉头紧锁，一脸惘然；有的学生手托下巴，闭目凝思；还有些学生将头埋在书堆里，呼呼大睡……总之，我看见教室里的学生神容疲惫、无精打采的。我不明白了，这大半夜，一教室人满面倦容地听一个人讲着什么。难道他们也不快乐？

　　难道人生如蝉？

　　想到这，我的羡慕之情忽地打了折扣。我依着窗儿，看着教室里的学生，个个像蔫了的花朵。当目光移至后排时，我似乎发现了一个熟人。事后想想其实都是似曾相识的面孔。我用翅膀拍了一下，并叫了一声，就像人与人见面打个招呼。老师侧头一望，用命令的口吻让窗旁的学生将窗子关上。就在窗子将合上时，我背后感觉到了一股凉飕飕的气流。我腾起一只脚想避开，恰好外面一阵风吹来，我一个趔趄，跌进了教室。

　　说实话，我有些紧张。教室里几十双眼睛齐刷刷地瞅着我。老师也停止了讲课。我趴在日光灯上，不敢呼吸。可我静下来一看，我这个不速之客并不讨人厌。坐在后排的那胖小子，努着嘴，与我挤眉弄眼的。我像是在他乡遇故知，倏地一下，飞到小胖的旁边。教室里沸腾了，个个都张开了笑脸。只有老师皱着眉头。

　　我像个人来疯，在教室里转着圈儿，一会儿停在黑板上，一会儿飞到窗台边。我一边飞，一边唱，竟有了舞台上歌星的感觉，底下是欢呼着的粉丝。我发现那些眉头紧锁的学生有了笑容，闭目凝思的学生来了精神，埋头大睡的没了睡意……我正扬扬自得时，一声断喝，让教室里鸦雀无声。

　　学生们有点像老鼠见到了猫，个个埋下头，收敛了笑容，极力睁着瞌睡似的眼，又回到了先前的状态。

任性的世界，
你要用眼光洞见未来

  这气氛让我兴味索然，音调少了一些高昂，竟多了一点悲怆，我可怜起这些学生来。我在教室里转了几圈，想搅活这沉闷的空气，给学生们再送点快乐。可我显然是自作多情，他们没有一个人理会我，我好像一下子回到了蜕化前的寂寞蝉生……

  没意思，我要出去，我要逃离这个亮堂而又黑暗的教室。就在我跌跌撞撞于玻璃之上时，我被年轻老师逮在了手中。我无力地嘶叫着，为了自己，也为了他们。可学生们却无动于衷，显得十分麻木。

  好在老师并没有伤害我的意思，他只气恼我淘气的搅局。他踱到走廊边，沉思一会儿，将我倏地抛下，我才逃离了老师的手心。

  我惊魂甫定，感慨万千……

  第二天我早早起床，我想应该带着感恩的心，快乐地高唱夏季。"知了知了……"

辑五

透视众生，用另一只眼和另一颗心

尊严不是东西

尊严不是东西。因为尊严常常不是用肉眼能看到的。

我不想搬出砖头似的工具书，来查找尊严的前世今生。但我想以经年的阅历和历史知识，从感性的角度去了解尊严。尊严不是东西，那么尊严到底又是什么东西？像一个农人耕着自己的一亩三分地，过着无求的日子；像一个书生读着自己的子曰诗云，守着安贫乐道的生活；像一个乞丐，不吃嗟来之食；如一个史官，不改一字的事实……

说起史官，在李承鹏的《全世界人民都知道》这本书中讲了一个老故事，之所以说它老，不是因为年代久远，而是因为它比大熊猫还稀少，因而尊贵。《左传》记载，春秋时期，齐国的齐庄王与重臣崔杼的妻子棠姜暗通款曲，崔杼捉奸在床，乱刀砍死了他们。太史官在竹简中道，某年某月的某一天，崔杼弑君。崔杼与太史官说，能否改为"齐庄王患疟疾而死"？太史官说不行。崔杼于是将其杀了。按规定太史官的弟弟继职。崔杼问史官，改不？新任史官依然在简中记道：某月某日的某一天，崔杼弑君。崔杼又将史官杀了。等史官最小的一个弟弟任史官时，依然坚持事实。崔杼无奈，只好将他放了。

这故事我看得心惊肉跳，这三兄弟怎么这么傻呢？领导要做的事，你改了，领导满意了，高官厚禄也许等着你。当下有这等好事，唯恐尽心不及。

195

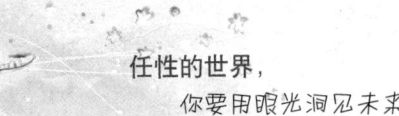

任性的世界，
你要用眼光洞见未来

不信回想一下，常有报道诸如什么按某官意图改档案、按某人想法改判决、按某人指示编谎言……给你蝇头小利，甘为他人鹰犬；给你金钱美色，愿意俯首帖耳……些小诱饵，就将什么尊严、道义、责任、法律丢到了九霄云外。若有性命之忧，我想这些草民，早就双膝扑地，磕头捣蒜了。可令人感慨的是，齐太史官殒身不恤，秉笔直书，简直让人不理解。更不理解的是齐国的南史官专程从南方赶来，称若小史官被杀，他接着去记。这些史官们，为守住史官的职责，趋之若鹜，简直就像飞蛾扑火。难怪杜甫诗中有"祸首燧人氏，厉阶董狐笔"了。因为有火飞蛾丧生，因为有董狐之笔让人殒命。

春秋战国时期，思想活跃，百家争鸣，贤人辈出。仁、义与杀伐混杂，奸、贤与王道并行。那是一个朝秦暮楚的时代，是冰与火交融的时代，也是一个张扬个性的时代。为了一个"义"和尊严，往往是舍生取义，舍生命取尊严。晋国的董狐就是这样的人。晋灵公七岁登基，由赵盾辅佐。灵公成年后，荒淫无道，不但不听赵盾规劝，而且还要杀赵盾。晋灵公的姐夫赵穿得知后，上庭进谏与之争执，杀了晋灵公。史官董狐直书，"赵盾弑君"。赵盾说：晋灵公非为我杀，何谓弑君？董狐说：身为相国，未加阻止，幕后之嫌，难辞其咎。所以后人有"在齐太史简，在晋董狐笔"的说法。

有时维护事实的本身，坚持自己的职责，保持自己的操守，是需要一定勇气的。当强权将你的尊严逼到了死角，当暴力将你的生命视为草芥，你是放弃原则，顺从上意，还是坚守职责，保持尊严，上述的史官无疑是维护历史文化尊严的翘楚，其精神也成了一座令人景仰的历史丰碑。

可在某些人看来，尊严是个像商品一样用来交换的东西。这让人想起了一个古代笑话：一个裁缝给县官做衣服，裁缝问县官，穿此衣服是见上级还是见百姓？县官不解。裁缝说，见上级一般哈着腰，前襟可裁短点；见老百姓一般是挺着肚子昂着头，前襟要做长些。这个故事折射出了这样一个事实，当官场的生态环境恶化时，有的人尊严具有选择性，对上峰他抛却尊严极尽谄媚之能事，等谋得位置，对下级又护着尊严，穷其为官之威风。这种遇强则无、遇弱则有的尊严,是一种地地道道的伪尊严。

其实尊严是无欲之刚,尊严是千仞之壁,尊严是山巅上的傲骨松,尊严是冰山上的洁白莲。尊严是李白的"安能摧眉折腰事权贵"的洒脱,尊严是钱廄宁可饿死也不吃"嗟来之食"的骨气,尊严是傅雷夫妇宁死不受辱的清高,尊严是香港主权不容谈判的勇气……人有尊严,民族有尊严。没有尊严的民族任人鱼肉,没有尊严的人是行尸走肉。

当然尊严不是唯我独尊,妄自尊大,尊严也不都是宁可玉碎,不可瓦全。虽然尊严是比较自我的价值认同,但生活的艰难有时不可能不低下头颅,但决不能低到裤裆里。不管是谁,置尊严于不顾,即使得到了一些,内心也会时有怯弱与愧怍。如一代才女张爱玲为爱"低到尘埃里",其结果也被胡兰成弃之如履。丢掉尊严的爱,其结果都被爱所丢。除非你心甘情愿做爱的奴隶,若有一点拾起尊严的想法,这爱就不能维持。

尊严看不见、摸不着,因为它是无形的,但尊严有时又看得见、感受得到,因为它通过一些言行能表现出来。尊严不是东西,但人需要它。因为人不仅活在物质世界里,他需要生命权利的被尊重。正如生命需要粮食、水,也需要自由、空气和阳光一样。

任性的世界，
你要用眼光洞见未来

细节是一种力量

一切美，美在细节。有人说细节是大山上的一捧土；细节是大海中的一浪花。有人说细节是雕像上的一个眼神；细节是裙裾边的一朵小花。

这样的比喻只不过是将细节归为庞大物体的组成部分，或者将细节看成是一种外在的灵动与精致。可我认为细节在一定的情况下，潜藏着巨大的能量。你重视它，它遁于无形；你藐视它，它力达万钧。这力量能左右你的命运，影响你的生存，决定你的人生。

可我们许多人哪曾将细节放在眼中，总是大大咧咧做事情，马马虎虎走过场。工厂里一架梯子竖在那，有危险因素。别怕，我贴一提示语："请留意梯子，注意安全！"至于到某一天某个人真的被梯子砸了，那就是他自个儿的事了，谁让你不注意呢。护城河经常有人在同一处溺水。别急，管理人员在旁边立个"禁止游泳"的牌子，若再有溺者，咎由自取。至于如何杜绝事故的发生，这样的细节思考，国人是不屑的。

外国专家不是这样，他们认为应将那九个字改为"不用时，将梯子横放"，这样将把安全问题彻底解决。同为提示语，效果两重天。用时竖起梯，不用梯放下。就因为他抓住了这个小小的细节，抓住了关键，也就将隐患消除得无影无踪。

这让我想起了一个故事，某人受了箭伤，到外科医生处疗治。医生用剪子将体外的箭杆剪掉。这种隔靴搔痒、只动其表、不触其里、没有细节深入的做法被人笑话了上百年。可我们在捧腹之余,有意无意地还是大行"大而化之、流于形式、忽视细节"的作风,这作风像植根在我们身上的病根,时有发作,以致造成了许多遗憾和悔恨。

学生考试,常常因演算细节上马虎导致前功尽弃;青年求职,因疏忽细节将面巾纸未丢进篓里,与工作失之交臂;质检人员,不重视细节,擅自放宽标准,让毒胶囊进入了市场;还有的当权者因不顾细节,由小贪到大贪,直到锒铛入狱,痛不欲生……

古人云"天下大事,必作于细;天下难事,必成于易"。把小事做细,把细节做好,方是成功之道。当你注意了产品的细节,你就有可能得到最大的利润;当你注意了考试的细节,你就有可能得到最好的考分。航天飞船成功飞行,不会疏忽每一个螺丝钉;以人为本的社会,不会漠视每一个人的生命。

九层之台,起于垒土。千里之堤,毁于蚁穴。我们无论是做事还是做人,都要抓住根本,重视关键,注意细节,敬畏细节。

因为细节是一种力量,它决定成败,决定未来。

任性的世界，
你要用眼光洞见未来

墨菲不都是非

担心什么，就发生了什么。

一朋友孩子中考考得算不错，按往年来看，录取省示范高中的择校生不成问题。朋友不放心，打来电话求证，我答复他不用担心。可一想心里也没底，于是向权威人士征询。得到信息是"应该差不多"。

朋友是农村人，在一个场合认得的。他说孩子一定要到我任教的省示范高中去读。小城有两所同级别的学校，朋友真的让他孩子填报了我所在的学校志愿。他以为有这样的一个熟人，这件事情不就是煮熟的鸭子吗，飞不掉了。临近录取时，我的心竟打起鼓来。计划生录取只要填"服从"，就可以在两校之间调剂，而择校生不行。也就是说朋友的孩子选择了一所学校，若没达到该校录取线，即使达到另一所学校的录取线，也不能被录取，只能降档到市示范高中了。

择校生录取线到底多少，不到时候揭底，谁也不知晓。我的神经像被上足劲的发条，绷得紧紧的。难道哪壶不开提哪壶，我在内心祈祷，千万别掐着朋友孩子分数录取，若那样我如何也交代不了。尽管我在朋友面前早就打了预防针，这是市里统一录取，学校自主权有限。可朋友哪信呢，硬要我一定想办法。我一边敷衍着，一边抱着侥幸，瞅着录取的时刻。

择校生名单终于出炉了，在张贴处我极目搜寻，可看到最后，心里凉

辑五

透视众生，用另一只眼和另一颗心

了半截，朋友的孩子竟真差了一分，挡在了录取线之外。担心的事，竟发生了，而且还这么巧。

莫非我遭遇了"墨菲"。墨菲是美国的一名上尉。他认为他的某位同事是个倒霉蛋，不经意说了句笑话："如果一件事情有可能被弄糟，让他去做就一定会弄糟。"这句话迅速流传。经过多年，这一"定律"内涵被赋予无穷的创意，出现了众多的变体。"如果坏事有可能发生，不管这种可能性多么小，它总会发生"就是墨菲定律变体的一种。这不，我的担心变成了残酷的现实。

这让我想起了最近看的一篇文章，说的是同样经历、学历的两个大学生到了一个公司实习，一个学生自信地认为，再过一个月，就是本单位的人了。而另一个同学担心这么好的公司难进，一个月后肯定要离开。结果自信的人被留用了，预言不幸的人真的离开了。表面看来这也是墨菲定律在作怪。但仔细一想，人的行为受心理制约，当心理出现正向情绪时，做事待人都很阳光；当心理出现了负面情绪时，待人接物往往就变形，尽管你没觉察到。

外在的一切都是内心的投射，除掉有些事情是客观使然外。那么我是不是墨菲眼中的那个"倒霉蛋"呢？非也！其实每个人生活都有顺利的一方面，并且很多很多，只不过是人们喜欢将痛苦和不顺放大，遇点儿小挫折就怨天尤人，自叹命舛。也就是说遭遇"墨菲"定律，有客观因素，如朋友孩子差一分不能录取；也有主观因素，如两大学生的不同结局。但不管怎样，都是心理对巧合、行为做了一个强化而已。

不错，也许生活中你排队买票时，恰巧到你这儿就卖完了；也许你从不迟到，恰恰要赶飞机时你就晚了一会儿；也许你每次考试都名列前茅，可关键时刻你成绩却不尽如人意……这不奇怪，尽管擦着边的遗憾，让人更痛心，但你要知道这只不过是你平静生活中的一点小波折。正因为你平时处在顺水顺风的状态，一遇点儿涟漪就以为是风浪了。

墨菲定律，实际上与心理学上的心理暗示有很大关系，让它以"规律"

任性的世界,
你要用眼光洞见未来

存在,是因为大多数人给不顺或逆境加了一个着重号,多了一个感叹号。其实生活像河流,有激流、险滩,也有风平浪静的水面。"墨菲"不都是负面的。担心什么就会来什么,同样期望什么也就会有什么。巧合随时发生,一切皆有可能。

不知你信否,反正我是信了。